KB009936

5년 차 작가가 전하는

무명의 설움을 딛고 글로 먹고사는

지극히 희망적인 이야기

무명작가지만
글쓰기로 먹고삽니다

나는 이렇게 전업 작가가 되었다!

무명작가지만 글쓰기로 먹고삽니다

이지니 지음

5년 차 작가, 여전히 무명이지만 괜찮아!

초등학생 때부터 일기를 썼고 중고등학교에 다닐 때는 5명의 친구와 각각 교환일기를 쓸 정도로 '쓰기'를 좋아했다. 하지만 어린 시절, '책을 쓰는' 작가를 꿈꾼 적은 한 번도 없었다. 중학교 1년 때부터 10년을 넘게 간직한 꿈은 '방송작가'였다. 감사하게도 대학교 졸업 후 꿈을 이뤘다.

하지만 내가 머릿속으로 생각한 방송작가의 세계와 실제 현장은 하늘과 땅 차이만큼 달랐다. 촬영을 위해 사람이나 장소를 섭외해야 했던 나는 한시도 휴대폰을 손에서 놓을 수 없었고, 좀 더 맛깔난 대사를 쓰기 위해 잠자리에 누워서도 머리를 굴려야 했으며, 촬영을 마친 영상을 편집할 때에도 피디님 옆에 붙어 1평 남짓한 편집실을 밤새워 지켜야 했다. 마음보다 몸이 먼저 지친 탓에 하루가 멀다 하고 링거 주사를 달고 산 나는 끝내 방송작가 생활을 3년도 버티지 못하고 그만두었다.

그 후로 꿈의 방황이 시작됐다. 그토록 바라던 방송작가라는 세계에서 퇴장한 후 그 어떤 꿈도 내 마음을 움직이진 못했다. 그래서였을까? 또 다른 '간절함'을 찾기 위해 머릿속에 '해보고 싶은 일'이 떠오르면 닥치는 대로 실행했다.

중국어가 그랬다. 2005년에 중국 하얼빈에서 1년간 어학연수를 했다. 유학생의 대부분은 중국 대학교 내에 있는 어학연수 프로그램으로 중국어를 배웠지만, 나는 한국인이 운영하는 사설 학원에서 중국어를 배웠다. 그 후 약 10년 동안 중국어와 관련된 일을 했다.

중국어를 배워서 했던 일은 다음과 같다. 국내 중국 무역 회사에서 통·번역 업무, 국내 중국어 교육 회사에서 콘텐츠 개발 및 마케팅 업무, 국내 중국 여행사 업무, 국내 중국인 선원 관리, 중국 청도에서 한국 의류 쇼핑몰 운영, 중국 상하이에서 무역 회사 근무 등이었다.

중국어를 사용한 나의 마지막 직업은 영상번역가였다. 2015년 1월, 새로운 도전을 하고 싶어서 다니던 회사를 그만뒀다. 중국어 영상 번역을 배우기 위해 한 교육 기관을 찾아갔고 그곳 대표인 H 님을 만났다. 나중에 이분은 내가 중국어 스승님으로 모시는 분이 되었다.

처음에는 중국어가 좋고 중국 드라마가 재미있어 번역을 시작했는데 현실은 장애물투성이였다. 영상 번역 프로그램도 제대로 다룰 줄 알아야 하고 단 한두 줄로 글자 수를 맞춰 번역해야 하며, 띄어쓰기나 맞춤법이 틀릴까 봐 노심초사하기를 밥 먹듯이 했다. 이 모든 걸 견딜 만큼 영상번역에 흥미나 재미를 느끼지 못했다.

H 대표님은 출판사도 운영하고 있었는데 어느 날 내 블로그에 있는 중국어 관련 콘텐츠를 보시고 전자책 출간을

제안하셨다. 작가의 꿈을 꿔본 적은 없지만, 한 번쯤은 책을 출간하고 싶다는 소망이 있었기에 그녀의 제안이 꿈만 같았다. 덕분에 나는 중국어에 관한 전자책을 3권이나 출간했다. 하루에 10시간 이상 책을 썼지만 시간 가는 줄 몰랐다. 지구력과 거리가 먼 내게 있을 수 없는 일이 벌어진 거다.

"이참에 종이책을 써 보는 게 어때요?"

그녀의 이 말 한마디가 내 인생을 바꿔 놓았다고 생각한다. 말로 설명할 수 없는 떨림이 일어났다. 뭐에 홀린 듯 평생 책을 쓰고 싶다는 생각이 들었다. 즉시 책 쓰기 교육 기관을 찾았고, 그중 한 곳에 돈 천만 원에 가까운 금액을 수업료로 냈다. 혹자는 미쳤다고 할지 모르지만, 10여 년 만에 내게 온 간절한 마음을 모른 척하고 싶지 않았다. 거액의 수업료보다 '글 쓰는 삶'을 살아야겠다는 마음이 더 컸다.

인생의 전환점이었다. 전자책 출간으로 시작된 새로운 길로 나는 빨려들듯 달려가고 있었다. 모든 일은 순식간에 일어났다.

당시 직장이 없었던 나는 누구보다 시간 부자였다. 주어진 시간을 후회 없이 누리고 싶었다. 카페에서 커피 한 잔 사 마실 여윳돈이 없어도 괜찮았다. 글을 쓸 수 있는 시간이 있고, 책 쓰기라는 뚜렷한 목표가 있다는 것만으로도 행복했다. 수업을 들으며 하루에 10시간이 넘는 시간을 읽고 쓰기에 투자했다. 그렇게 해서 2017년 3월, 처음으로 내 이름 석 자가 새겨진 책이 세상에 나오게 되었다.

혹시나 이 글을 읽고 오해하는 사람이 있을까 봐 한마디 덧붙이자면, 누군가 고액 책 쓰기 수업을 듣겠다고 한다면 도시락 싸 들고 말리겠다. 내가 들었던 고액 수업이 비싼 만큼 그 값어치를 해서 첫 책을 출간할 수 있었던 것이 아니다. 그만한 돈을 다 들이부었기에, 더는 갈 곳이 없기에 어떻게든 책을 내야만 하는 절박함이 컸기에 최선을 다했을 뿐이다.

굳이 고액 책 쓰기 수업이 아니더라도 얼마든지 좋은 수업이 많으니, 책 쓰기 수업을 듣고자 한다면 좀 더 신중히 알아보면 좋겠다.

첫 책을 눈으로 보고 손으로 만지니 더 좋은 글을 쓰고 싶어졌다. 활자 그대로의 '잘 쓴 글'보다 어떤 식으로든 독자에게 도움이 되는 글을 쓰기로 마음먹었다. 하지만 아무리 글쓰기가 좋아도 먹고살려면 돈을 벌어야 했기에, 끝이 보이지 않는 빚을 갚아야 했기에 당시만 해도 책 쓰기에만 몰두할 순 없었다.

2017년 가을, 2년 만에 다시 직장을 구했다. 낮에는 일하고 밤에는 글을 썼다. 출퇴근하는 동안 지하철이나 버스 안에서 휴대폰 메모 앱을 열어 글을 썼고, 점심시간이나 휴식 시간, 화장실에 가 있는 동안에도 쓰기를 멈추지 않았다.

내게 '글을 쓸 수 있는 짬'이 생기면 닥치는 대로 적었다. 틈나는 대로 적은 글을 모아 두 번째, 세 번째, 네 번째 책을 출간했다.

나는 여전히 무명의 길을 걷고 있다. 2015년 겨울, 생애 첫 전자책 출간을 시작으로 지금껏 7권(전자책 3권, 종이책 4권)의 책을 세상에 내놓았다. '책'만으론 최저 시급 근처에도 닿지 못할 돈을 얻었다. ('얻었다'라는 표현이 어울리진 않지만)

2020년 1월, 다니던 회사를 그만두고 전업 작가가 되었다. 회사 다닐 때처럼 매달 꼬박꼬박 들어오는 돈은 없지만 시간이 많아 매일 책을 읽고 글을 썼다. 감사하게도 그렇게 참고 견뎠더니 글쓰기로 먹고사는 날이 왔다.

그래, 좀 더 솔직해지자. 난 참은 적도 없고 견딘 적도 없다. 억지로 견디고 이겨내는 건 성격상 어울리지 않는다.

난 지난 5년 동안 책을 쓰는 내 생활을 즐겼다. 지금도 이 즐거움과 여정을 함께하고 있으니 얼마나 감사한 일인가. 남들이 글 써서 무슨 큰 벼슬을 얻겠느냐며 한심한 듯 혀를 차도 꿋꿋하게 좁은 길을 걷고 있다.

이 책에는 잘나가는 유명작가의 성공기나 글쓰기 비법은 나와 있지 않다. 그저 5년 차 무명작가의 지극히 현실적인 글 쓰는 삶과 소소한 글쓰기 이야기와 책 쓰기 과정이 담겨 있다. 그리고 이번 책도 내가 쓴 다른 책들처럼 '솔직함'을 넣어 읽기 '쉬운 글'을 쓰려 노력했다.

뭐라고 설명할 순 없지만, 사람들이 흔히 말하는 '돈과 명예'를 보고 책 쓰는 길로 들어선 게 아니다. 다들 잘 알겠지만 이 길은 저 둘과 오히려 아주 먼 사이다. 처음으로 머리가 아닌 가슴이 시킨 일이다. 이젠 누가 뭐라 해도 이미 늦었다. 아무리 강한 햇빛을 들이밀어 봐라. 내가 이 옷을 벗나 안 벗나!

내 삶을 솔직히 써 내려갈 자신이 있는 이에게, 책을 써 보고 싶은 이에게, 글로 먹고살고 싶은 이에게 이 책이 작은 도움과 희망이 된다면 더 바랄 것이 없겠다.

2021년 3월

이지니

목차

2장 그럼에도 책 쓰기를 변함없이 즐기는 이유

3장 나만의 소소한 글쓰기 비법

4장 무명작가지만 잘 먹고 잘삽니다

어떤 이가 열등감 때문에 우물쭈물하고 있는 동안,

다른 이는 실수를 저지르며 점점 우등한 사람이 되어간다.

- 헨리 링크 -

1장

무명의 설움이라고나 할까?

계간지 신인상 등단을 포기한 이유

* 문예지 : 월간 혹은 격월간으로 발행되는 문예 잡지

* 계간지 : 1년에 4번(봄, 여름, 가을, 겨울) 발행되는 문예 잡지

"축하합니다! 이지니 님께서 ○○계간지 신인상 응모 작사 부문 심사를 통과하여 당선되셨습니다!"

글로 표현할 수 있는 것이라면 무엇이든 시도한다. 그중 하나가 노랫말이다. 아주 예전부터 책을 쓰는 '작가'라는 꿈을 꾼 적은 없지만 아름다운 멜로디에 가사를 입히는 일을 하는 '작사가'는 되고 싶었다. 언제부터인지 정확히 기억나진 않지만, 잠자기 전 머리맡에도 노래를 떼어 놓은

적은 없다.

대부분의 사람이 멜로디에 심취할 때, 나는 노랫말에 집중한다. 이별의 아픔이든 사랑의 달콤함이든 그 계절의 색깔이든 멜로디를 감싸는 가사 하나하나에 마음을 빼겨서다. 중학생 때부터 입 밖으로 나오는 즉흥 멜로디에 가사를 붙여 흥얼거렸다. 누가 보면 피아노나 기타 등의 반주도 없이 하는 그저 우스꽝스러운 놀이에 불과할지 모른다. 습작 노트 하나 없이 말이다. 그날의 기분이나 감정에 따라 마음대로 노래를 읊조렸다.

2016년, 전문가에게 제대로 작사를 배우고 싶어서 작사 전문 학원에 등록했다. 당시 분당에 있는 A 학원에서 2개월, 강남에 있는 B 학원에서 4개월을 다니며 노랫말을 20편 정도 썼다. 그리고 꽤 시간이 지난 2020년, 그중 5편을 한 계간지 신인상에 응모했다. 4년 동안 잠들어 있던 노래 가사들을 세상 밖으로 꺼낸 것이다.

그 전에 수필이나 수기 등의 공모에 도전한 적은 있지만 작사 응모는 처음이었다. 수필이나 소설도 아닌 '작사'라니. 좀 묵혀두긴 했지만 당선 여부를 떠나 작사 학원에서 열정을 다해 쓴, 애정이 남다른 작품(이라고 하고 싶다)이라 그런지 응모하면서도 미소가 실실 흘렀다.

응모하고 몇 달 뒤, 당선 소식을 이메일로 받았다. 태어나서 처음으로 당선의 감격을 맛봤지만 기쁨도 잠시, 나를 둘러싼 차가운 기운이 느껴졌다. 그러곤 뭐에 홀린 듯 인터넷 검색창에 동일 계간지 신인상에 당선된 이들의 글을 찾았다.

역시나 그중 최근 올라온 두 명의 글이 심상치 않았다. 내용은 이랬다. 자신이 응모한 글이 당선만 된 것일 뿐 잡지에 실릴 때까지는 등단이 아니란다. 등단까지 하려면 계간지 50권을 사야 한단다.

'아, 그럼 그렇지….'

책을 출간하려면 최소 50권을 본인이 사야 한다는 어느 출판사의 말이 문뜩 떠올랐다. 결국, 여기도 같은 맥락인 셈이다. '당선됐지만 등단을 원한다면 네가 책을 사야 해'였다. 씁쓸하기 짝이 없었다.

'네 이력에 한 줄이라도 넣는 게 좋지 않겠어? 그냥 계간지 50권을 사고 등단 증서를 받아! 당선이 아깝잖아.'

유혹의 말이 머릿속에 맴돌았다. 그래, 예전 같으면 얼마의 돈이 들든 등단이란 타이틀을 택했을지 모른다. 정당하게 응모해서 당선된 건 사실이니까. 하지만 이젠 아니다. '신인'의 간절함을, 사람들의 꿈을 미끼로 삼는 곳이라면 그깟 등단, 안 해도 된다. 수십만 원으로 증서를 살 만큼 등단에 목을 맨 것도 아니다. 이참에 글쓰기 근육을 더 단련해, 더 권위 있는 곳에서 등단하고 만다, 내가!

지금껏 4권의 종이책을 썼기에 이제 와서 등단이 무슨 의미가 있을까 싶기도 하다. 하지만 내 글을 제대로 평가받고 싶은 마음도 있기에 여전히 '언젠가는 꼭 이루고 싶은 꿈'이기도 하다.

만약 앞으로 어딘가 당선된다면 사비를 따로 들이는 것이 아닌 상금을 받고 당당히 등단하고 싶다. 입 밖으로는 "등단 안 하면 어때. 좋아하는 글을 계속 쓰면 됐지."라고 해도 이룰 때까지 도전하련다. (이 비밀스러운 다짐이 이제

모두에게 알려졌다)

누구나 글을 써서 책을 낼 수 있는 요즘이지만 이런 식의 등단은 사양하고 싶다. 결국 당선 연락이 온 ○○계간지 신인상 등단은 포기했다. 내가 만약 계간지 50권을 사고 등단 증서를 받아 SNS에 소식을 올렸다면, 평소에 등단을 원하는 많은 분이 나를 부러워했겠지. 내 입으로 등단의 민낯(?)을 드러내지 않는 한 말이다.

비가 추적추적 내린 것도 아닌데 마음이 축 가라앉은 이 밤. '인생은 가까이서 보면 비극이지만, 멀리서 보면 희극이다'라는 찰리 채플린의 말처럼, 멀리서 보면 희극이지만 그 속을 자세히 들여다보면 비극이 될 뻔한 이번 일을 떠올리며 오지도 않는 잠을 청한다.

5만 원이 아까워서 이러는 게 아닙니다

종이책으로는 네 번째 책인 『힘든 일이 있었지만 힘든 일만 있었던 건 아니다』가 작년 여름(2020년)에 출간됐다. 기성 출판사에서 출간된 책이 아닌 터라, 홍보는 100% 내 몫이 됐다. 어떻게 홍보하면 좋을지 머리를 굴리던 중, 메일 한 통을 받았다. 5만 원을 내면 자신의 개인 SNS는 물론 책 관련 인터넷 카페에 소개하겠다는 내용이다. 솔깃했지만 바로 답하지 않았다.

5만 원. 어떻게 보면 별것 아닌 금액일지 모르지만, 과연 그 돈을 투자해서 만족스러운 효과를 기대할 수 있을까 싶었다. 약 30여 권의 책이 팔려야 손익 분기점을 넘을 테니까. '30권이면 해볼 만하지 않나?'라고 여기는가? 이는 결코 만만한 숫자가 아니다. 독자의 지갑은 생각만큼 쉽게 열리지 않는다. 나조차도 책을 살 때 그러하니까. 며칠을 고민하는 동안 그는 계속해서 자신의 홍보 전략을 내세웠다. 두세 번째에는 답신을 보내지 않았는데, 왜 답신을 안 주냐고 또 연락이 왔다.

'그래, 저렇게 자신감 넘치는데 투자해 보자!'

5만 원을 그에게 송금했다. 그는 고맙다는 말과 함께 오후 5시 안으로 해당 SNS에 게재될 거라 했다. 그가 내세운 10여 군데의 홍보 페이지를 신뢰해서인지, 그날따라 시곗바늘이 삼백 살 먹은 거북이보다 느리게 가는 듯했다. 이번 책은 인세에 연연하지 않으려 했지만, 투자한 만큼의 기대를 저버리긴 어려웠다. 오후 5시가 되기 전, 그는 약속한 대로 홍보한 인터넷 주소를 보냈다. 그런데….

그가 말한 인터넷 카페들은 회원은 많지만 조회 수가 두 자리도 되지 않았고, 심지어 회원이 아니면 글을 볼 수조차 없었으며, 주요 포털 사이트인 '네이버'와 '다음'에도 전혀 노출되지 않았다. 여기서 노출은 '상위에 보이는 것'을 뜻하는 게 아니다. 그건 바라지도 않았다. 최소한 '최신 글'에서는 볼 수 있을 줄 알았다. 카카오스토리에 게재했다는 글 역시 직접 확인해 볼 수 없었다.

'007 대작전'도 아닌데 왜 이렇게 보기 힘들지? 홍보란 자고로 많은 사람에게 알리는 것이 아닌가. 그래서 투자 비용 이상의 효과를 얻으려 하는 거고. 설령 투자 비용을 넘지 못하더라도 아깝다는 생각이 들지 않게는 해줘야 하지 않나.

밀물이 올라오듯 후회가 밀려왔다. 책 소개도 서평이 아닌, 내가 보낸 목차, 글, 표지 사진 등을 올려주는 형식으로 10여 군데에 게재될 거라 해서 이해했다. 양심상 5만 원에 서평을 올려주는 수고까지는 바라지 않았다. 중요한 건, 지금 그 글은 한두 군데 외에는 볼 수 없으며, 어느 누가 내 신간 소식을 접했는지 알 수도 없다. 검색이 전혀 되지 않을뿐더러, 인터넷 카페를 가입해야만 볼 수 있으니까.

그에게 아쉬움을 토로했다. 몇 군데는 아예 볼 수도 없고, 카페는 가입해야만 하며, 조회 수는 두 자리도 되지 않는 곳이 대부분이라고. 의뢰인인 내가 정당하게 할 수 있는 말이라 여겼다. 하지만 그는 내 궁금증을 시원하게 해결해주지 않았다. '카카오스토리' 내에서 홍보 글을 보는 방법만 이야기할 뿐, 인터넷 카페 관련 질문에는 제대로 답도 하지 않았다.

아이고, 이제 와 자신을 탓해 무엇하랴. 내 손으로 송금했으면서 무슨…. 타인의 제안이나 압력이 아닌, 내가 원해서 하는 홍보는 이미 진행 중이었는데 책 관련 인터넷 카페 한 곳과 인스타그램에서의 서평단 모집이었다. 차라리 그 5만 원으로 서평단을 더 늘렸어야 했나? 아니면 다른 이벤트를 하나 더 해야 했나?

내 마음이 온전히 허락하지 않는 한 다시는 1원 한 장도 내놓지 말자 했건만. 이렇게 나는 후회를 안고 5만 원을 떠올린다. 이제는 정신 좀 차리자!

신인의 기적은 오지 않았지만

'나와 비슷하게 시작했는데 이미 저 자리에 가 있네.'

'지난달에 출간됐는데 벌써 베스트셀러야?'

글쓰기를 업으로 삼은 뒤부터 나와 비교되는 타인의 글에 더욱 눈길이 간다. 머리는 '괜찮아, 옆을 볼 필요는 없어'라며 토닥거리지만, 마음은 바퀴라도 달린 듯 조급해진다. 비교가 최대의 적이라는 말이 맞아떨어지는 순간이다.

다양한 플랫폼으로 글 쓰는 무대가 넓어졌다. 스마트폰이 생기면서 전문가가 아니어도 손쉽게 사진을 찍을 수 있게 된 것처럼 말이다. SNS나 블로그에서 유난히 마음을 두드리는 글귀를 만나면 심장 박동이 빨라진다.

'넌 작가잖아. 적어도 저들보다는 나아야 하는 거 아니야?'

악마의 속삭임으로 한동안 SNS 바닷속을 들여다보지 않았다. 얼마의 시간이 흐르고 나서야 시선을 바로 돌릴 수 있었다. 이 조급함이 우주의 먼지처럼 사소하다는 것을 알아버린 까닭이다. 이제는 겁나지 않는다. 타인의 글을 읽어도 중심은 나를 보고 있으니까.

글쓰기와 관련된 일을 한 지는 15년이 넘었고, 본격적인 작가의 길로 들어선 지는 5년이 됐다. 시작할 때만 해도 책이 나오면 무조건 잘 될 줄 알았다. 겉으로 티는 안 냈지만, 마음의 풍선이 공중 위를 떠다니고 있었다. 불행인지 다행인지 어리석은 환상은 오래가지 않았다. 내게 신인의 기적이 오지 않았기 때문이다. 하긴, 나 같은 성향은 처음부터 일이 잘 풀리면 거만함이 하늘을 찌를 게 뻔하다. 그 여파로 차기작은 한 줄도 쓰기 어려웠을지도 모른다.

실제로 첫 작품(책, 앨범, 드라마, 영화 등)이 잘 됐을 때 대중은 엄청난 기대를 안고 차기작을 기다린다. 생각만 해도 부담감이 마음을 짓누른다. 그러니 5년 동안 잠잠한 내 상황에 감사해야 마땅할지도….

이렇다 할 성공을 거둔 건 아니지만 한 해 한 해 성장하고 있다고 믿는다. 타인과 비교하면 끝도 없고 기분만 처지니 과거의 나하고만 자신을 비교한다.

외국어 회화 실력 향상이 눈에 잘 보이지 않듯, 글의 성장도 이와 같다 여긴다. 본인은 잘 모르지만, 이전에 내가 쓴 글과 요즘에 내가 쓴 글을 잘 아는 사람이라면 단번에 알아차린다. 2016년 가을부터 지금까지 내 글을 읽어본 Y양이 "너는 잘 모르겠지만, 작년과 180도 달라. 많이 성장했어!"라고 내게 말한 것처럼. 경쟁심을 불러일으키는 '최고야!'라는 말 대신, 과거의 '나'와 비교한 그녀에게 고맙다.

조금씩 성장한 실력이 기회와 타이밍을 만나면 좋은 날이 올 거라 믿는다. 어차피 장기전이니 괜찮다. 조급할 이유는 없다. 억지로 하면 하늘의 계획에 방해만 될 뿐, 순리대로 그렇게.

날 받아주지 않는다면 내가 알아서 하는 수밖에

2014년 가을부터 블로그에 글을 썼다. 글 하나의 내용은 길어야 A4 반 장 분량이라 별것 아닌 듯해 보였는데, 어느새 900여 개의 글이 쌓였다. 마침 산문집을 기획하고 있던 터라 새로 쓴 글과 블로그에 있는 몇 편을 다듬으니 책 한 권 분량이 나왔다. 꾸준함의 법칙에 또다시 놀라며 자꾸만 올라가는 입꼬리를 진정시켰다.

투고 인사말과 출간 기획안을 정성스레 작성하고 70군데 출판사에 투고했다. 보내기 버튼을 누르는 기분은 알 만한 사람은 알 거다. 수십 번 읽고 또 읽으며 고쳐 쓴 시간. 책 분위기와 어울리는 표지를 상상하며 잠을 이루지 못했다. 이제부터 짧으면 일주일, 길면 한 달 넘게 출판사의 답변을 기다려야 한다. 피를 말리는 시간이다.

하루가 1년처럼 더디게 느껴졌다. 목숨을 걸고 전쟁터로 간 남편을 애타게 기다리는 아내의 심정이 이러할까. 제발 단 한 곳이라도 연락이 와주길 바랐다. 일주일이 지난 어느 날, 답신이 왔다. 심장이 가출할 것만 같았다. 대학교 합격 발표도 이렇게 긴장하지는 않았다. 메일을 연 나는 한 글자라도 놓칠세라 처음 한글을 떼는 아이처럼 천천히 활자를 읽었다.

"출간 제안에 감사의 말씀 전합니다. 보내주신 원고를 검토했습니다. 죄송하지만 현재 출간 방향을 고려했을 때 당사에서는 힘들 것 같습니다. 긍정적인 답변을 드리지 못하는 점 양해 바랍니다."

참으로 예의 바른 거절이다. 결국엔 내 원고가 마음에 들지 않는다는 것쯤은 잘 안다. 출판사마다 정해놓은 거절 멘트가 있는 것처럼 같은 내용의 메일이 속속들이 도착했다. 실낱같던 희망은 진즉에 자취를 감췄다. 어느 정도 예감했다. 그래도 단 한 곳 정도는 내 글을 예쁘게 봐줄 거 같았는데…. 어리석은 착각이었다.

그러다 서점에 놓인 산문집의 주인은 도대체 누구일까 궁금해졌다. 나사 빠진 몸을 간신히 조이고 동네 서점에 갔다. 산문집 코너의 책들을 보니 저자가 꽤 인지도가 있거나 SNS 인기 작가가 대부분이다. 다시 말해 내가 쓴 글은 이도 저도 아닌 사람의 것이며 SNS 팔로워 수가 출판사 편집자를 만족시키기엔 턱없이 부족하고, 그렇다고 무릎을 '탁' 치게 하는 필력도 아닌지라 투고에 성공할 수 없었다는 이야기이다. 순간 자신이 초라하고 무능력하게 느껴졌다.

긍정을 달고 사는 나 역시도 잠깐 우울을 벗 삼아야 했다. 하지만 3일 후, 언제 그랬냐는 듯 툴툴 털고 다시 일어섰다. 역시나 빠른 회복력을 지닌 나다! 꼭 기획 출판(출판사가 모든 비용을 부담하고 책을 제작, 유통, 홍보하는 출판 방식)만이 정답은 아니리라. 위기를 기회로 삼으란 말을 되새기며 마음을 다잡았다.

'그래! 이가 없으면 잇몸이다!'

스스로 책을 만드는 '자가 출판 플랫폼'으로 눈을 돌렸다. 그곳에서는 자신이 알아서 디자인하고 편집해서 책을 낼 수 있단다. 일명 '셀프출판'이다. 그래도 명색이 계약서에 사인하고 계약금에 선인세까지 받으며 책을 낸 작가인데 자가 출판 플랫폼이라니.

며칠 동안은 마음에 내키지 않았다. 설령 이곳에서 책이 나온다고 해도 SNS에 홍보하고 싶지는 않았다. 생애 첫 책도 아니고, 그동안 3권의 종이책을 출간한 기성 작가인지라 창피함이 앞섰다. 지금 생각하면 이런 생각을 했던 자신이 참 어리석었다.

기획 출판이 아니면 뭐가 어때서. 내 글이 이상해서, 못써서 계약이 안 된 것도 아닌데 자비출판, 셀프출판으로 책을 내면 좀 어떻다고. 정성껏 쓴 글을 내버려 두는 게 더 아쉬운 일이다. 그리하여 스스로 책을 만들었다.

책 표지는 업체에 맡기고 교정, 교열, 윤문, 내지 편집 등은 내가 직접 다했다. 띄어쓰기나 맞춤법 검사는 혼자서 잡아내기 쉽지 않아 남편의 도움을 받았다.

'오, 그럴싸한데!'

자가 출판 플랫폼의 홈페이지에서 시키는 대로 하니 만들기에 시간이 좀 걸렸지만 잘 마무리됐다. 신청한 책이 허가되면 온라인에서 정식으로 판매된단다. 씁쓸하면서도 뿌듯한 이 기분. 알 수 없는 묘한 감정이 뒤엉켰다.

* 자가 출판 플랫폼은 부크크(https://www.bookk.co.kr/)를 이용했다

자가 출판 플랫폼에서 태어난 산문집

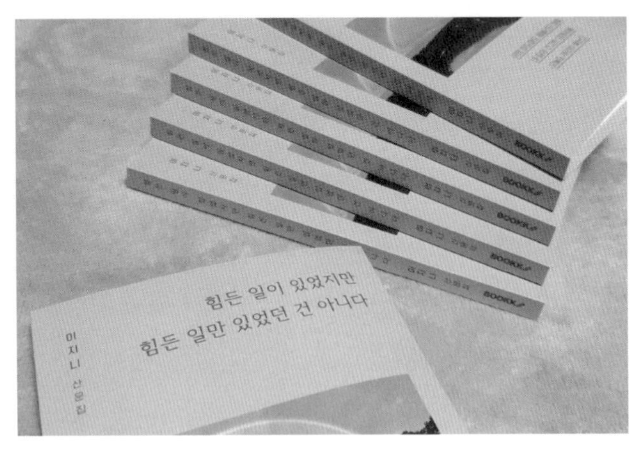

인지도를 먼저 키우라고요? 야속한 SNS여!

요즘처럼 SNS가 발달한 세상에서 하나의 콘텐츠가 퍼져 나가는 데는 그리 긴 시간이 걸리지 않습니다. 댓글 창에는 친구를 태그할 수 있는 기능이 있고, 자신의 채널에 그대로 복사하거나 클릭 한 번으로 공유하는 기능도 있지요. 그러므로 SNS를 비롯한 온라인 매체를 이용하면 콘텐츠에 대한 입소문이 금방 형성될 수 있습니다. 입소문이 나면 자연스럽게 저자의 인지도가 높아질 테지요. 콘텐츠도 훌륭하고, 저자도 인지도가 있고, SNS에서 인정받고 있다면 출판사에서 이를 놓칠 리가 없고요.

- 양춘미, 『출판사 에디터가 알려주는 책쓰기 기술』

많게는 일주일에 한 번, 적게는 한 달에 한두 번은 오프라인 서점을 찾는다. 때마다 사랑받는 책들의 표지 디자인이나 콘셉트, 목차, 내용 등을 살펴보며 출판, 출간 동향 등을 파악하기 위해서다. 나름 좋은 공부가 된다.

언제부터인가 처음 출간한 신인 작가들의 책이 '이달의 에세이', '베스트셀러' 자리에서 자주 눈에 띄었다. 책을 들어 살피니 대형 출판사에서 출간된 책도 꽤 있었다. 부럽다는 말이 절로 흐른다. 대형 출판사에서 나온 책이라고 다 잘 되는 건 아니지만, 기회를 얻었다는 게 어디냐 싶어서다. 대형 출판사라면 기본적으로 마케팅 규모나 판매 노하우가 남다를 것이라는 기대감도 든다.

나 역시 투고할 때가 되면 1인 출판사나 중소형 출판사는 물론 대형 출판사 문도 두드린다. 되든 안 되든 투고는 자유니까. 하지만 결과는? "죄송하지만, 저희와 색깔이 맞지 않아…." 등의 말을 얻는다. 그런데 여기, 대형 출판사에서 출간된 신인 작가의 책을 보니 내가 쓴 글과 주제와 콘셉트가 흡사하다. 심지어 글의 뉘앙스마저 크게 다르지 않다. 그런데 왜 내 글은 거절당했을까. 왜 내 글은 출판사와 색이 맞지 않는다고 했을까.

실제로 색이 맞지 않을 수도 있지만 왠지 난 ○○저자 같은 인지도가 없어 선택받지 못했다는 생각이 든다. 단정 지을 순 없지만 작가 소개란에 적힌 SNS를 보니, 최소 1만 명이 넘는 이웃(팔로워)이 있다. 올린 글에 찍힌 '좋아요'를 뜻하는 하트 스티커도 1천 개가 넘는다. 음, 그렇구나.

출판사는 좋은 글을 쓰는 작가를 발굴하고 그 작가와 작업하여 책을 내는 곳임은 당연하다. 하지만 그 전에 출판사는 '책을 팔아 돈을 버는' 엄연한 사업체다. 즉, 금전적인 손해를 입지 않으려면 작가의 책이 잘 팔릴 믿을만한 배경이 있어야 하고 인지도가 높은 글쓴이와 손잡는 게 좋으리라. 억울하면 인지도부터 키우라 이거다. 책을 소개하기 전에 먼저 시선을 끌기 위함인데, '무엇을 썼는지'보다 '누가 썼는지'로 판매 부수가 결정될 수 있기 때문이다.

앞으로 SNS를 더 키우지 못하면, 이웃을 늘리지 못하면, 하트 스티커를 많이 받지 않으면 내게 기회는 없는 것인

가. SNS의 영향력이 언제부터 이렇게 커진 걸까.

2017년 초에 처음 투고했을 때만 해도 출판 환경이 이렇게까지 인지도에 집착하진 않았던 것 같다. 나와 비슷한 콘셉트, 비슷한 뉘앙스, 비슷한 색을 지닌 저 작가는 되고 나는 안 된다고 하니 뭔가 억울했다. 책을 많이 팔아야 하는 출판사 상황은 충분히 이해하지만 내 마음은 그랬다.

서점에서 집으로 돌아오며 연거푸 한숨을 쉬었다. SNS 인지도가 앞으로의 출간 여부를 결정하는데 크게 작용할 것임은 확실하다. 지구가 두 쪽이 나도 이 사실은 변할 것 같지도 않다. 이 와중에 다행인 건, 내게도 7년째 꾸준히 운영하는 블로그, 3년째 내 방식대로 운영 중인 인스타그램, 지금은 휴업 중이지만 영상 몇 개 올려져 있는 유튜브가 있다.

그래, 나도 있긴 있다. 누가 시켜서가 아니라, 이득을 바라서가 아니라 '그냥 내가 좋아서' 시작했다. 그런데도 나를 팔로우해주며 응원해주시는 분들이 계시다. 그분들이 있어서 다행이고 감사하다.

얼마 전에는 감사하게도 투고했던 출판사에서 원고 콘셉트만 보고 러브콜을 보내왔다. (나중에 출판사 대표가 직접 이런 이야기를 해주었다. 팔로워 수는 전혀 보지 않고 콘셉트만 보고 연락했다고 한다) 이러니 더 열심히 할 수밖에. 인지도 낮은 내가 할 수 있는 건, 최선을 다해 집필하는 것이리라!

'내 책이 잘 돼서 유난히 인지도를 우선시하는 출판사들의 코를 납작하게 해주고 싶다'라는 생각이 진드기처럼 떨어지지 않는다. 남들보다 좀 느려도 돼, 괜찮아! 라며 매일 주문을 걸던 내 맘이 오늘따라 더 제멋대로 작동한다.

얼마 전 『문해력 공부』를 출간한, 인문 교육으로 유명한 김종원 작가님이 자신의 블로그에 '최고의 무대에 서려면 최고의 실력을 갖춰라'라는 제목의 글을 올렸다. 내용인즉슨 자신이 원하는 곳에서의 제안은, 실력은 없지만 당장 그 일을 하고 싶을 때 오는 게 아니라 충분한 실력이 갖춰진 후 너무 바빠서 그 제안을 거절해야 할 때 들어온다고 한다. 다시 말해 자신이 생각하는 멋진 곳에서의 제안은 실제로 자신이 멋진 사람이 된 후에야 그 기회가 찾아온다는 것이다. 그러니 혹시나 생길 요행을 꿈꾸지 말고 실제로 훌륭한 실력을 갖추기 위해 분투하란다.

두 손을 가슴에 얹고 그의 말을 잘 곱씹어보았다. 혹시나 생길 요행을 꿈꾼 적은 없지만, 결국 SNS 인지도가 아닌 내 실력이 문제라는 말처럼 들렸다. 그래, 실력 향상을 위해 글 한 편 더 쓰고 책 한 권 더 읽자. 딴생각 말고!

만약 당신이 포기하고 싶다는 생각이 들 때, 이것을 생각하라.

왜 시작했고, 왜 지금까지 전진해 왔는지를.

- 작자 미상 -

2장

그럼에도 책 쓰기를 변함없이 즐기는 이유

작가가 인세로만 먹고산다는 것

"책 출간했으니 인세 좀 받겠는데?"

책을 한 권이라도 출간한 사람이라면 이 말을 안 들어본 적 없겠다. 하지만 그 내면은 검은색 도화지처럼 어둡단 걸 저자 대부분이 안다. 인세만으로 먹고산다는 건, 진심 어려운 일이다. 그래도 나는 인세로 생계를 유지하고픈 철없는 소망을 불과 몇 달 전까지만 해도 가졌었다 .

지금 와서 생각해보면 그건 신이 허락해야 가능한 일이다. 네 번째 종이책을 출간하고 나서야 대통령을 꿈꾸는 것만큼 높은 장벽임을 여실히 깨달았다.

변화가 필요했다.

'글쓰기로 먹고살고 싶지만 인세만으로는 힘들다면 어떻게 하지?'라는 고민 끝에 '글쓰기 전문가'로 나를 다시 세팅했다. 부가 캐릭터를 뜻하는 '부캐'로 영역을 넓혀 블로그, 브런치, 인스타그램 등에 책 서평이나 글쓰기에 관한 글을 올리면서 나 자신을 홍보했다.

신기하게도 그 이후 여러 도서관에서 글쓰기 강의를 의뢰하는 연락이 왔다. 설렘과 긴장이 동반된 채 강의를 준비했고, 별문제 없이 수업을 진행했다. 처음으로 받은 글쓰기 강의료를 인세에 대입하니…. 책 300여 권이 팔려야 받을 수 있는 금액이다. 기분이 참…. 웃어야 할지, 울어야 할지. 책 한 권을 쓰기 위해 투자한 긴 시간과 고생한 나 자신에게 괜스레 미안했다.

그렇다면 앞으로 '책 쓰기'는 뒤로하고 '강의'나 '강연'만 다니면 되는 걸까? 아이고, 큰일 날 소리. 난 평생 글을 쓸 거다. 만약 책을 꾸준히 출간하지 않았다면 도서관 강의는 커녕 누가 내게 글쓰기 수업을 들으려 하겠나. 설령 강의 봇물이 터진다 한들, 돈도 안 되는 책은 계속 써서 무엇하냐며 손에서 놓는다면, 내 인생은 손가락 까닥하면 부서지는 모래성과 다름없겠지. 인세든 강의든 '글'을 썼기에 가능한 일이었다고 생각한다.

그런 의미로 마음을 다잡고 다음 책을 열심히 준비해 보기로 한다. 아이, 좋아라.

별것 아닌 시작이 최고를 만든다

외교관 남편을 따라 프랑스에 오게 된 미국인 '줄리아'. 남편이 직장에 있을 때면 언어도 통하지 않는 곳에서 그야말로 철창 없는 교도소 신세다. 먹는 것을 무엇보다 사랑하는 그녀는 외로운 시간을 요리에 투자하기로 한다. 급기야 프랑스 명문 요리 학교에 진학해 제대로 요리를 배운다.

수십 년이 흐른 어느 날, 미국 퀸즈에 사는 '줄리'는 회사 업무에 치여 늘 녹초가 되어 돌아온다. 무의미하게 흐르는 삶에 이대로는 안 되겠다 싶어 기분전환으로 블로그를 시작한다. 키워드는 '요리'다. 줄리아가 만든 요리책을 보며 1년 365일 동안 524개 조리법에 도전하겠다는 당찬 포부를 주변에 알린다.

- 영화 〈줄리 앤 줄리아〉의 줄거리

영화 〈줄리 앤 줄리아〉는 실화를 바탕으로 만들었다. 영화 속 두 여인은 자신이 좋아하는 '요리'로 책을 출간했다는 공통점이 있다.

처음부터 요리를 잘해서 요리책을 펴낼 꿈을 꿨을까? 그들의 시작은 '무료한 삶을 대신해 요리한 것뿐'이다. 매일 심심하고 외롭고 허무하다고 해서 시간을 흘려보낸다면 그것처럼 무의미한 일은 없을 거다. 그들은 '한 걸음'을 움직였다. 대상이 무엇이든 자신이 흥미를 느끼는 일에 발을 내디뎠다. 내일 일어날 일은 생각하지 않았다. 그저 오늘 해야 할 일에 집중했다.

하루에 하루가 쌓이자 생각지도 않은 기회가 고개를 내밀었다. 잡지사 인터뷰, 텔레비전 출연, 출간 제안 등 이전에는 꿈도 못 꿀 일들이 눈앞에 펼쳐졌다. 심지어 자신의 인생과 도전이 이렇게 영화로까지 제작되어 관람객의 마음을 빼앗을 거라 감히 상상이나 했을까. '별것 아닌 시작'이었지만 그 시작이 인생 최고의 경험을 만든 셈이다.

'하루 한 줄 쓰는 게 무슨 도움이 되겠어?'

'어차피 재능이 있는 것도 아닌데, 이걸로 무슨 부귀영화를 누리겠다고….'

'관련 학과를 나온 것도 아니고, 점점 나이만 먹는데 이제 시작하기엔 너무 늦었잖아.'

무엇을 시작하기에 앞서 자신감보다는 위와 같은 생각이 훅 들어선다. 인생을 옭아매는 부정은 늘 그랬듯 그저 그렇게 살라며 우리를 최대한 아래로 끌어내리려 안간힘을 쓴다. 아무것도 하지 않으면 아무 일도 일어나지 않음을 되려 다행으로 여기라 한다. '그래, 그렇지? 내가 무슨….'이라는 답을 받아내 한 발도 떼지 못하게 만든다. 그렇게 우리는 오늘도 자신을 주저앉힌다.

자기계발서를 읽으면 대단한 사람들 천지다. 그러나 가만히 들여다보라. 우리와 다른 세계의 사람이라서 좋은 결과를 냈을까? 아니다. 차이가 있다면 한 걸음의 실행뿐이다. 그가 특별히 잘나서가 아니라, 남들 눈에는 별것 아닌 듯해 보이는 보통의 하루를 잘 건넜기 때문이다.

우리도 출발선을 넘기만 하면 된다. 다만, 오늘의 걸음으로 내일이 어떻게 될지는 예측하지 말자. 그저 하루하루만 보자. 즐겁고 감사하게. 도중에 슬럼프가 온다 해도 까짓것, 넘어서자. 큰 성과를 내지 않아도 좋다. 실패해도 괜찮다.

실패의 다른 말이 '또 다른 시작'이라 하지 않던가. 우리의 별것 아닌 시작이 훗날 나 자신을 최고로 만들어 줄 것을 의심하지만 말자. 별것 아닌 듯한 '첫발'을 무시하면 큰코다친다.

꿈을 이룬 아내 뒤엔 돕는 남편이 있다

최근에 책 작업, 글쓰기 강의, 공모전, 다음 책 준비로 영화 한 편을 제대로 본 적이 없다. 그리하여 오랜만에 넷플릭스 영화 한 편을 감상했다. 앞에서 언급한 영화 〈줄리 앤 줄리아〉가 그것이다. 관람전까지는 내용을 전혀 몰랐다. 아는 거라고는 실화를 바탕으로 만들었으며, 소재가 요리라는 것 정도였다.

1940년대 후반의 줄리아, 2000년대 초반의 줄리. 두 여자에게는 요리를 시작으로 베스트셀러 작가가 됐다는 공통점 외에 닮은 점이 하나 더 있다. 아내가 하는 일을 믿고 지지해주는 남편의 존재다. 아무리 자신이 좋아하는 일을 한다고 해도 미혼이 아닌 이상 전적으로 일에만 몰입하기는 쉽지 않다. 결혼하니 정말 그랬다. 미혼일 때는 멋대로였다. 온종일 책상 의자와 붙어 있어도 누가 뭐라고 하는 사람이 없었다. 가끔 엄마의 잔소리가 귓가를 때릴 뿐.

중요한 건 집안일인데, 미혼일 때는 청소나 끼니는 좀 미루면 그만이거나 부모님이 하시니 패스다. 하지만 결혼하면 얘기가 달라진다. 나 혼자가 아닌 남편이 함께 있다. 여기에 아이까지 있으면…. 난 아직 모르겠지만 장난이 아닐 듯하다. (아이가 태어나는 다음 달부터 잘 알게 되겠지) 남편의 배려가 없다면 절대 지금처럼 지낼 수 없다.

최근에 출간된 산문집 『힘든 일이 있었지만 힘든 일만 있었던 건 아니다』를 준비하면서 하루 10시간 이상을 서재에서 보냈다. 거기에 도서관 글쓰기 강의 제안까지 연이어 들어오면서 밥을 먹거나 씻는 시간을 제외하고는 서재에서 살았다. 책이 출간된 지금도 크게 다르진 않다. 곧 시작할 개인 글쓰기 수업과 다음 책을 준비하고 있으니까. 매일 해야 하는 독서 및 필사도 예외가 아니다.

집안일을 함께 하지만 이렇게 일이 밀려들어 올 땐 남편의 몫이 커진다. 자기 일도 있으면서 세탁, 방 청소, 분리수거, 욕실 청소, 식사 준비 등을 하는 남편이 너무나 고맙다. 이런 남편의 배려가 없었다면 일에 몰입하기 힘들었을 게 뻔하다.

고마운 마음을 담아 오늘 저녁은 남편이 좋아하는 주꾸미볶음을 해줘야겠다.

기꺼이 글쓰기 원동력이 되어준 그대여

참새가 방앗간을 지나치지 않는 것처럼 서점 마실은 누구보다 1등이라 자부하는 나다. 딱히 구매할 책이 없어도 그냥 간다. '서점', '책방'. 첫사랑의 이름도 이처럼 내 가슴을 콩닥거리게 하진 못할 터. 매장에 들어서니 수많은 책이 보인다. 아, 황홀하다!

책에 파묻혀 지내다 맞은 2016년 가을, 생애 첫 종이책을 준비하던 시절이다. 여느 때처럼 교보문고 송도점을 내 집 드나들 듯 찾았다. 빨간 불빛의 'Bestseller(베스트셀러)'가 내게 손짓한다. 글자 아래에서 책들이 모델 한혜진도 울고 갈 만큼 멋지고 당당하게 서 있었다.

'내가 쓴 책이 저 자리에 있으면 어떤 기분일까?'라는 생각에 부러운 눈빛을 뚝뚝 떨어트린다. 이때, 정신력이 약해진 틈을 놓칠세라 악마가 날 찾는다.

'네 글이랑 비교가 안 되지?'

'제목이랑 표지부터 멋지지 않니?'

'이 정도는 되어야 작가라고 할 수 있지 않을까?'

흠, 이놈의 방앗간 괜히 왔다. 전 세계에서 가장 빠르다는 우사인 볼트 선수만큼 빠르게 부정의 생각이 나를 관통한다. 집에 가는 길 위로 내리쬐는 아름다운 햇살, 그 찬란한 빛이 무색하게 자괴감이 가득 실린 걸음을 힘겹게 내디뎠다.

그렇게 우울과 영영 벗할 뻔했으나 신은 내 편이었다. 첫 번째 책이 출간된 후 굽은 어깨가 펴졌다. 독자님들이 보낸 메시지 덕분에 내 글을 사랑하기로 마음먹었기 때문이다.

'작가님 글은 쉽게 술술 잘 읽혀요! 책 읽기를 싫어하는 제가 다 읽을 정도예요! 감사합니다.'

'군더더기 없는 글을 읽고 싶었는데, 운 좋게도 작가님 책을 만났네요.'

'요즘 책을 보면 욕설이나 부정이 많은데, 작가님 글은 읽을수록 어두운 마음이 치유되는 느낌이에요. 다음 책도 기대할게요!'

심지어 자신의 현재 고민을 이야기하는 독자도 여럿이다. '얼굴 한 번 본 적 없는 내게 마음을 터놓기까지 얼마나 고민했을까'하는 생각에 놀랍기도 하면서 감사하기도 했다. 이런 메시지는 더욱 모른 척할 수 없기에 시간이 걸리더라도 답장을 보낸다. 내 말이 답이 될 순 없지만, 적어도 시행착오를 줄이길 바라기에 정성을 다해 적는다.

내가 뭐가 예쁘다고 보석보다 귀한 말을 해주실까 싶고, 내가 뭐라고 인생 상담을 청하실까 싶다. 이런 메시지를 받고도 우울 쌈 싸는 생각을 하면 인간도 아니다!

그러고 보니 처음 책을 쓰는 길로 들어설 때의 다짐이 뇌리에 스친다.

'단 한두 명이라도 내 글을 읽고 힘을 얻었다면, 좋은 기운을 받았다면 그걸로 감사하자. 욕심은 또 다른 욕심을 낳는다고 했으니 첫 숟가락에 배부를 생각 말고 묵묵히 쓰자.'

심장을 파고드는 기막힌 필력은 아니지만, 다리털이 솟을 만큼 멋들어진 어휘력은 없지만 뭐 어떠하랴. 내가 경험한 일을 글로 써서 내 글을 읽는 분들께 깨달음과 지혜를, 위로와 격려를 드릴 수 있는 것만으로도 충분히 만족한다. 평생 글을 쓰겠다고 다짐한 이상 물러서지 않으련다. 독자님들의 아낌없는 칭찬이 내 글쓰기의 원동력이 되어주었기에.

그래도 선택한 일에는 초 집중 모드

작년까지 회사로 출퇴근했고 올 초(2020년)부터 집에서 일하고 있다. 2016년부터 꿈꾸던 전업 작가가 되었다.

가장 큰 변화는 출퇴근이 없어지고 24시간이 내 것이 된 점이다. 하지만 매일 정해진 시간에 출퇴근하지 않아도 된다고 해서 마냥 소파에 누워 텔레비전 시청만 할 수도, 세월아 네월아 시간을 세기만 할 수도 없는 노릇이다.

그런데 그 짓을 양심의 가책도 없이 즐기고 있던 나다. '이런, 오늘 하루도 무의미하게 지나갔네', '시간이 금이고 돈이라는데 하루를 다 날려버렸네' 따위의 죄책감은 그림자조차 없다.

그러나 반드시 해야 할 일이 생기면 몸과 마음가짐 모두 180도 달라진다. 내가 말한 '반드시' 해야 할 일이란 다음 책을 만드는 과정인 기획과 원고 쓰기, 글쓰기 강의 준비, 칼럼 기고, 강연 등의 준비를 말한다.

완벽주의자는 아니어도 이 같은 일 앞에 우선이 되는 건 없다. 일단 약속을 잡지 않는다. 부득이하게 만나야 하는 일이 생기면 용건만 간단히 처리하고 온다.

스마트폰은 무음이다. 혹시 모를 중요한 전화를 놓칠 수 있으니 컴퓨터 모니터 옆에 세워두고 메시지는 휴식 시간이나 작업 후에 확인한다. 식사하는 시간이 아까워 결혼 전에는 끼니를 거르거나 전자레인지로 해결되는 즉석 요리를 택했다. 심지어 화장실에 가는 시간이 아까워 참은 적도 있다. (참으면 병 되는데)

살면서 집중력, 지구력이 강하다는 말을 들어본 적이 없다. 학창 시절에는 워낙 공부를 못했기에 아니, 공부에 지지리도 재능이 없었기에 책상 앞에만 앉으면 정리 정돈을 하거나 친구에게 편지를 쓰거나, 카세트테이프를 꺼내 내가 만든 상상의 세계를 늘어놓기에 바빴다. 그러면서 무슨 공부를 더 하겠다고 돈을 주고 독서실을 등록했는지 모르겠다. 뭐 하나 다부지게 한 적 없는 내가 십수 년이 지나 '선택과 집중'이라는 주제로 글을 쓰다니. 오래 살고 볼 일이다.

자식 이기는 부모 없다고 부모님은 내가 하고자 하는 일 앞에서는 바다에 방생하는 거북이처럼 놔주셨다. 어차피 말해 봤자 잔소리로 여길 막내딸이라는 것쯤은 두 분도 잘 알고 있었기에. 그런데…. 문제(?)는 다른 데 있었다. 결혼하니 나를 참견하는 이가 엄마가 아닌 남편이 됐다. 건강관리를 잘하라고 간섭 아닌 간섭을 많이 한다.

착한 미소를 장착한 남편이 "자기는 어느 때 보면 정말 무서워."라고 내게 말한다. 선택과 집중할 때와 그렇지 않을 때의 모습이 한겨울의 추위와 한여름의 더위보다 차이가 심하단다. 쉴 때는 인생 포기한 사람처럼 아무것도 안 하다가, 일 앞에 서면 옆 사람에게 무슨 일이 생겨도 모를 정도로 집중한다며 혀를 찬다. 그래서 칭찬인가요, 욕인가요?

돈벌이가 시원찮아도 내 일이 좋다. 길을 걷다가, 다른 일을 하다가, 잠을 청하려다가 일과 관련된 아이디어가 떠오르면 하늘 위 연기처럼 사라질세라 얼른 메모하는데 이런 일조차 너무 좋다. 몇몇 지인은 귀찮지 않냐고 하지만 귀찮기는커녕 재미있고 짜릿하다.

하루 10시간 이상을 책상 의자에서 엉덩이 한 번 떼지 않아도 고단한 느낌이 없다고 하면 거짓말로 여기겠지. 물론 눈도 피로하고 목과 허리도 뻐근하지만, 가슴을 꽉 채우는 성취감은 말로 표현이 안 된다.

혹자는 이런 나를 보고 '아직 글 쓰는 일을 오래 하지 않아서 그래'라고 말할지도 모르겠다. 음. 상황과 처지가 다를 뿐 정답은 없지 않을까. 나름대로 5년 동안 일곱 권의 책을 썼고 방송작가, 잡지사, 중국어 번역 등 글과 연관된 일을 한 지는 15년이 넘었다. 경력 20년 차 혹은 열 권 이상의 책을 낸 작가의 생각과 내 생각은 다를 수 있지만, 지금의 감정에 충실하련다.

이렇게 말하고는 있지만 선택과 집중을 멀리하는 시기가 다시 온다면 긴 겨울잠을 청하는 곰처럼 지구력이고 뭐고 이불 속에서 하염없이 세월을 곱씹고 있을 나지만 말이다.

선택과 집중이 쌓아 올린 아이들

얘도 나고,
재도 난데요?

누구에게나 양면성이 있다고 생각한다. '말괄량이 삐삐'와 같은 발랄함을 소유한 것도, 트리플 A형의 예민함과 내성적인 면을 소유한 것도 나다. 어느 쪽이 맞고 틀리지 않는다는 말이다.

2018년 초겨울, 에세이 『아무도 널 탓하지 않아』의 북 콘서트가 있었다. 생애 첫 북 콘서트라 긴장한 탓에 온몸이 굳었지만, 오신 분들의 따듯한 호응으로 무사히 마칠 수 있었다.

모든 순서가 끝나고 북 콘서트에 오신 독자님 중 몇 분과 늦은 식사를 함께했다. 그 자리에는 광주시에서 온 독자 A 님이 함께했다. 편안한 자리에서 이런저런 이야기를 나누던 중 갑자기 그녀가 한마디 던졌다.

"글로 읽었을 때는 작가님이 굉장히 여성스럽고 얌전한 줄 알았는데 실제로 뵈니 무척 다르네요!"

뭐랄까. 그녀는 마치 시골 뒷산에서 도깨비라도 본 듯 놀란 표정이었다. 웃어야 할지 울어야 할지 난감했다. 그녀의 뉘앙스가 칭찬인지 욕인지 분간이 잘 안 되었지만, 미간이 주름진 걸 보니 긍정의 의미는 아니리라.

가수 유이가 MBC의 인기 예능 프로그램 〈전지적 참견 시점〉에 출연했다. 그녀 매니저 말을 빌리면 곱게 생긴 외모와는 달리 그야말로 동네 형 같단다. 평상시엔 운동복 차림을 즐기고 성격도 매니저의 형보다 더 털털하단다.

심지어 여배우 이미지와 다소 거리가 먼 단어도 서슴지 않고 자연스레 쓴다고 한다. 나는 괜한 기쁨과 동지애를 느꼈다. (물론, 유이와 나는 외모부터 크게 다름을 잘 알고 있다)

나 역시 무던한 이미지와는 달리 입만 열면 달라지는, 소위 '깬다'라는 말을 자주 듣기에 그렇다. 이게 뭐 어때서. 예쁜 척하는 것보다 인간미가 철철 넘치니 좋구먼. 누구나 동전의 앞면, 뒷면과 같은 다름을 안고 살지 않나. 모든 사람은 다양한 모습을 지닌 채 살아가고 있다고 생각한다.

이런 내가 글을 쓸 때만큼은 조금 달라진다. 양면성은커녕 단면도 이런 단면이 없다. 나무의 단면은 여러 개의 나이테라도 있지, 내 것은 점 하나 찾기 힘들다. 혹시나 해서 발랄하고 활동적인 평상시의 나를 글에 집어넣기로 마음먹은 적이 있다. 일부러 좀 웃기게 쓰고 진지함보다는 아무렇지 않은 척 털털하게 쓰려고 애썼다.

결과는 어땠을까. 희한하게도 컴퓨터 키보드가 눌릴 정도로 손가락에 힘이 들어갔다. 그때 알았다. 글쓰기만큼은 원래 내가 가졌던 그 한 가지 모습이 가장 나답고 편하다는 사실을. 애써 내 글이 아닌 글을 쓸 필요가 없음을. 누가 그리하라고 시키지도 않았지만 글 쓸 때만큼은 진지함을 데려오고 싶다.

술 한 잔 입에 대지 않은 맨정신에도 홍건히 취한 사람보다 더 잘 노는 나를 사랑한다. 두 눈 가득 진심을 넣어 글을 쓰는 나 또한 사랑한다. 글 밖의 나도, 글 안의 나도 나니까. 앞으로도 이 둘을 편애하지 않고 똑같이 사랑하고 싶다.

그의 근사한 문장을 훔치고 싶다

지난 주말, 남편과 1년 만에 '이케아(IKEA) 광명점'을 찾았다. 이사한 집의 다용도실에 놓을 수납장과 새집 분위기에 어울리는 방석을 구매하기 위해서다. 그곳에 가면 양옆으로 끝없이 펼쳐진 쇼룸에 시선을 빼앗겨 두 눈을 어디에 둬야 할지 난감할 정도다.

'내가 제일 잘나가'라고 외치는 듯한 각양각색의 소파, 러그, 거실장. 그리고 그들의 조화로움이라니! 옷 하나 제대로 코디할 줄 모르는 내가 이런 데 오면 엄청난 '센스'에 무릎이 굽혀진다. 부엌은 또 어떠냐. 요리 솜씨 없는 나도 요리하고 싶을 정도로 탐나는 분위기가 물씬하다. 라면 한

봉지를 끓여도 국물에서 세련된 향이 날 것만 같아 냄비마저 씹어 먹게 될 것 같다.

실내 장식에 관심은 있지만 워낙 감각이 없어 무관심한 척 마음을 놓았는데, 쇼룸을 볼 때마다 우리 집에 그대로 옮겨 놓고 싶다. 계절 분위기에 맞게 옷을 입지도 못하며 상의와 하의를 색깔에 맞게 매치하지도 못하는 내가 쇼윈도 안의 마네킹이 두른 것을 통째로 사고 싶어 하는 것과 같은 심정이다.

책을 읽을 때도 마찬가지다. 대다수 작가의 글은 책 한 권에 많아야 십여 개의 문장 정도가 맘에 든다. 내 마음에 드는 문장의 기준은 눈과 입으로 읽는 걸 넘어 스마트폰 메모 앱에 글귀를 적어서 남기는 정도에 이르렀을 때다. 마치 내가 원작자인 것처럼 활자 하나하나에 정성을 담아 그린다. 한 문장의 마침표를 찍기 전, 몸속으로 스며든 감동이 때론 눈물샘을 건드린다.

『바람이 분다 당신이 좋다』, 『끌림』, 『내 옆에 있는 사람』 등을 출간한 이병률 작가님의 글을 읽노라면 단 몇 문장으로는 성이 차지 않는다. 봄 처녀의 치맛자락처럼 살랑살랑한 느낌이 일면서도 반석 위에 지은 집처럼 단단한, 결코 가볍지 않은 그의 글이 나는 좋다. 본디 감성의 농도가 짙을수록 손발이 오글거리기 마련인데 이성(理性)과 잘 버무려진 글이다. 나도 모르게 근사한 글귀를 훔치고 싶을 정도다.

닮고 싶은 글. 하지만 절대로 흉내 낼 수 없는 글. 타고난 재능이란 이런 사람을 두고 하는 말인가 보다, 라고 못을 박으려 할 때쯤, 중학교 때부터 글을 쓰고 싶다고 다짐한 이병률 작가님은 말한다. "많이 쓰는 사람을 절대 이길 수 없다"라고. 지금에 이르기까지 얼마나 많은 양의 글을 원고지에 심었을까. 감히 상상할 수도 없다.

내게 '매일 글쓰기'란 아직도 하루에 2ℓ 이상의 물 마시기만큼이나 어렵다. 뚜렷한 목적과 독한 마음을 탑재해야 하므로. 한두 줄이야 메모장에 끄적이면 그만이라 해도 A4 한 장 이상의 '제대로 된 글'을 매일 써내는 건 마음의 고삐를 단단히 채워야 가능하리라. 그럼에도 해내고 싶다.

훗날, 내 글을 읽는 독자나 작가 지망생에게 '이지니 작가의 글귀를 훔치고 싶다'라는 말을 들을 수 있을 만큼 잘 쓰고 싶다. 아무리 재능이 있어도 노력하지 않으면 무용지물이라는데, 하물며 재능이 없으니 노력을 붓는 게 마땅하지 않은가. 욕심인 줄 알지만 꿈은 크게 가지라 했으니 독자들이 내 글을 사랑해 주는 그런 날이 오길 오늘도 간절히 소망하며….

똑같이 글을 쓰는 작가라고 해도 모두가 자신만의 문체를 가지고 있는 것은 아니다. 고유한 문체를 체득했다는 것은 단순히 기술적으로 글을 유려하게 잘 쓰는 것이 아니라, 작가가 스스로의 머리로 생각하고 몸으로 실천하며 자신의 인생을 살아냈음을 의미한다.

- 임경선, 『자유로울 것』

그래, 나만의 문체를 가지기 위해 오늘도 진지하게 생각하고 유쾌하게 실천하자!

그때나 지금이나
변하지 않은 것

며칠 전 출판사로부터 『꽂히는 글쓰기의 잔기술』이 절판됐다는 소식을 들었다. 초판 3,000부를 이미 소진했단다. 2년의 계약 기간이 남았지만 2쇄는 찍지 않겠다고 한다. 전자책 구입도 불가능하다. 나중에 이 책을 다른 출판사에서 개정판으로 낼 수 있으니, 전자책 판매도 중단해 달라고 요청했다. 데뷔작의 판매 부수치고는 나쁘지 않은 성적이지만 아쉬움이 몸속 가득히 퍼졌다.

내 인생의 첫 종이책. 약 한 달 동안 하루 10시간 이상을 엉덩이에 불이 나는 줄도 모르고 집필에 몰두한 작품이기에 그랬다. 지구력과 거리가 먼 나라서 A4 100장 분량을

채우는 건 불가능이라 여겼다. 처음으로 책 한 권 분량의 원고를 탈고한 자신이 기특해 밤새 베갯잇을 적신 그날은 죽어도 못 잊는다.

앞에서도 언급했지만 책이 출간된 후 적잖은 메시지를 받았다. 자신이 처한 상황과 고민을 구구절절 털어놓는 독자님, 작은 실행부터 반드시 하겠노라 다짐하는 독자님, 쓰기에 두려움이 있었는데 내 책을 읽고 자신감을 얻었다는 독자님 등. 아니 내가 뭐라고. 직접 만난 적은 없지만 이들의 메시지만으로도 충분히 따스했다.

나의 첫 책을 더는 종이책으로 만날 수 없음에 코끝마저 빨개졌다. 하지만 내가 누구인가. 어떤 상황이든 '날 위해 일어난 일, 내게 이익이 되려 벌어진 일'이라 여기는 '긍정지니'가 아닌가.

2016년 가을부터 써서 2017년 봄에 출간된 책이니 책을 쓴 지 벌써 4년이나 지났다. 그동안 나의 글쓰기 가치관이나 스타일 또한 변하고 성장했을 것이다. 그래서 이번 절판이 오히려 잘 됐다는 생각도 든다.

비록 첫 종이책은 절판되었지만 나는 또 책을 쓴다. 요즘은 책 쓰기에 더해 글쓰기 강의 준비까지 하고 있다. 몸이 하나 더 있으면 좋겠지만 어리광은 안 통한다. 또다시 '선택과 집중'을 꺼내야 할 때다.

2016년 가을, 전업 작가가 되기로 결심했고 2020년에 이 꿈이 실현되었다. 사실 실현의 문제라기보다는 결심의 문제에 가깝지만 말이다. 글쓰기와 책 쓰기, 이 길을 처음 만났을 때와 지금의 열정 온도가 다르지 않음에 감사하다.

얼마 전 꿈 벗(꿈을 나누는 벗) L 양과도 이야기를 나눴지만 내 책이 수많은 '누군가'에게 반드시 읽히기를 소망한다. 그리고 그들의 삶에 조금이라도 도움이 되기를 간절히 기원한다.

그 꿈이 전자레인지 3분이면 해결될 일이 아니기에 하루하루 주어진 작은 실행을 무던히 쌓아가는 요즘이다. 좀 더 자고 싶고 좀 더 쉬고 싶은 유혹을 오늘도 참아내며.

쉬운 글이 좋아서 많이 고민합니다

2020년 3월에 브런치(글쓰기 플랫폼 https://brunch.co.kr/)를 다시 시작했고 2020년 6월에는 네이버 블로그를 재정비했다. 브런치 구독자는 벌써 200명이 넘었고 블로그 게시물의 일일 조회 수도 500에 가깝다. 조회 수 천 단위나 만 단위를 우습게 보는 이에겐 별것 아닌 숫자일 수 있지만 내게는 감사요, 기적이다.

두 플랫폼에 '작가', '글쓰기'라는 키워드를 달고 꾸준히 글을 올리고 있다. 무엇보다 읽기 쉬운 글을 추구하는 내가 솔직한 글을 쓰니 독자의 반응 또한 적극적이다. 생각지도 못한 응원과 격려가 주렁주렁 매달린다.

나의 수고와 노력을 알아주시는구나, 싶어 뿌듯하고 감사하다.

불과 1년 전까지만 해도 멋들어진 글이 부러웠다. 나도 기막힌 문장, 고급스럽고 어려운 어휘를 문장에 녹이고 싶었다. 다행스럽게도 그런 마음은 이제 사라졌다. 가면을 쓰지 않은 있는 그대로가 진짜 내 모습이듯, 있는 그대로의 글 또한 진짜 나니까. 단순해도 마음을 담은 글, 누가 읽어도 술술 읽히는 쉬운 글을 선호하는 사람들과 앞으로도 함께하고 싶다.

'쉬운 글' 얘기가 나와서 말인데, 15년 넘게 글을 쓰면서 내린 결론은 '술술 읽히는 쉬운 글'이 최고라는 것이다. 이 결론을 내린 지는 2년이 채 되지 않았다. 쓰면 쓸수록 '읽기 쉬운 글' 쓰기는 어렵다고 느낀다. 그래서인지 잘 읽히는 글을 만나면 저자가 누구인지 알아냄은 물론, 엄지손가락이 자동 기립이다.

난 때로 네가 너무 미울 때가 있어. 내가 참으로 힘들게 쓰는 글을 넌 참으로 쉽게 읽는 것 같아서. 하지만 난 네가 정상이라고 생각해. 내 글이 쉽게 읽히는 것은 내가 철저하게 의도한 것이니까. 그래, 난 세상에서 가장 쉽게 읽히는 글을 쓰고자 그 어떤 작가보다 노력하고 있어. 난 때로 일부 철없는 작가 지망생들에게 만만한 사람으로 찍히기도 해. 그들은 말해. 이지성의 글은 너무 쉽다고. 난 이지성보다 더 잘 쓸 수 있다고. 하지만 그들은 모르고 있어. 난 그들의 눈에 참 만만해 보이는 글을 쓰기 위해서 매일 힘겨운 투쟁을 하고 있다는 사실을.

책을 쓰면서, 글솜씨를 발휘하고 싶은 마음은 늘 생겨. 내 지식을 자랑하고 싶은 마음, 현란한 문체, 어렵고 고상한 표현을 하고 싶은 유혹, 언제나 받아. 하지만 잘 이겨왔다고 생각해. 내가 아닌 너를 위한 글을 쓴다는 신념 하나로 말이야. 난 앞으로도 잘 이겨나가고 싶어. 이런 생각을 하면서, 난 이 새벽에 다시 도전하고 있어. 너를 감동시킬 수 있는 글을 쓸 수 있다고 믿으면서.

- 이지성, 『스무 살, 절대 지지 않기를』

이지성 작가님이 쓴 『스무 살, 절대 지지 않기를』을 5년 전에 처음 읽었다. 그때는 글을 많이 쓰거나 밤낮없이 퇴고에 몰두한 적이 없어서인지 위의 글귀가 와닿지 않았다.

5년이 지난 지금, 비로소 통감했다. 그럼에도 쉬운 글을 쓰려 고군분투하는 그처럼, 나 역시 철저히 의도된 글을 쓰려 오늘도 힘겨운 투쟁을 택한다.

글쓰기 비법보다 동기부여가 먼저

2020년 여름, 인천에 있는 한 도서관에서 온라인 글쓰기 수업 2회 차를 진행했다. 그 전 주에는 도서관 내의 강의실에서 진행했고 나머지 수업은 집에서 온라인으로 진행했다. 수업 시작이 10시 정각이라 9시 반부터 준비했다. 내 서재에 있는 컴퓨터로 수업해도 되지만 혹여 문제라도 생길까 봐 성능 좋은 남편 노트북을 이용했다.

첫 강의 때처럼 그날도 10여 명의 수강생과 함께했다. 실습으로 글 한 편 쓰기를 권유했는데 두 분이 글을 보내왔다. 시간이 남으면 수업 중에 읽으려 했는데 그러지 못했다. 이런.

한 편은 시처럼 미학적 충만함이 돋보이는 글이고, 다른 한 편은 일기처럼 편안하게 읽히는 글이었다. 긴 글은 처음 쓴다고 했는데 믿기지 않을 정도로 글이 좋았다.

수업 시작! 내가 메모 앱을 사용하게 된 계기를 시작으로 글쓰기를 할 수 있는 플랫폼을 소개했다. 더불어 동기부여의 중요성을 전하려 애썼다. 글쓰기 비법도 중요하지만 동기부여가 먼저라 여긴다. 동기부여가 되면 작심삼일 글쓰기에서 벗어날 수 있다. 그래서인지 나의 경험담을 많이 이야기하게 되어 수업이 끝나면 자기계발서를 읽은 느낌이라고 한다. (실제 몇몇 수강생이 내게 건넨 말이다)

요즘에는 글쓰기에 관심을 두는 이가 점점 많아지고 있다. 글은 누구든 마음껏 쓸 수 있다. 얼마든지 쓰면 된다.

다만, 꾸준히 쓰려면 '비법'을 아는 일도 중요하지만 '정신'의 끈을 먼저 묶어야 한다. 작은 목표라도 있다면 작심삼일에서 벗어날 확률이 높다. 더불어 매일 조금씩 쌓이는 실행을 소중히 여겨야 한다. 자신이 내디딘 한 발이 훗날 어떻게 펼쳐질지는 누구도 예측할 수 없으니까.

나는
행운아다

"대학교 다닐 때부터 지금까지 일만 한 것 같은데, 벌어 놓은 돈은 다 어디로 간겨?"

엄마의 구수한 충청도 사투리가 무색하게 현실은 씁쓸했다. 2015년, 내 나이 서른셋까지 모은 돈이라고는 겨우 천만 원이 전부였기에. 호감을 느끼고 만나는 남자 하나 없이, 번듯한 직장 하나 없이, 이렇다 할 경력을 쌓은 것도 없이, 그 당시의 나는 그저 노랫말에 곧잘 등장하는 '루저'였다.

나는 명품에 관심도 없고 값비싼 화장품을 좋아하지도 않는다. 미용실 방문은 특별한 날에만 먹는 잡채처럼 1년에 손꼽는다. 다만, 배우고 싶은 무언가가 뇌리를 스치면 구멍 뚫린 모기장 안으로 벌레가 들어오는 것처럼 지갑 문이 스르륵 열린다. 좋게 말하면 '내면의 채움'에는 돈이 아깝지 않다. 나를 위해 투자해야 성장하리니!

노랫말이 좋아 작사 학원을 반년간 다녔고 지성인이라면 악기 하나쯤은 다뤄야 할 듯해 우쿨렐레를 구매해 배웠으며 영어 회화를 배우기 위해 집에서 먼 강남으로 출퇴근하면서도 평일 새벽반을 수강했다. 하지만 그때뿐이었다. 귀도 얇지만 의지는 왜 이리 박약인지, 시작의 열정은 가마솥 부럽지 않게 뜨거웠지만 항상 오래가지 못했다.

이런 내게 최대의 투자처가 나타났다. 바로 '책 쓰기'다. 지금 생각하면 미치지 않고서야 그 비싼 수업료를 낼 수 있나 싶지만, 어지간히 꿈에 갈급했나 보다. 지금 그때를 생각하니 짠하다. 뭐에 홀리지 않고서야 전 재산에 육박하는 금액을 덜커덕 내밀 수 있을까 싶다. 나는 분명 눈에 뵈는 게 없었다. 중학교 때부터 꿈꿔온 방송작가의 길에서 무참히 퇴장한 후, 속 빈 강정처럼 영혼 없는 삶을 살았다.

나이가 들어도 '꿈'이 있어야 한다는 말을 온몸으로 실감했다. 십수 년 만에 다시 찾아온 운명을 모른 척하고 싶지 않았다.

수강 첫날, 전 재산을 들고 글쓰기 센터에 갔다. 다른 이들의 사연을 구구절절 다 알 수 없지만, 확실한 한 가지는 그곳에 온 사람들 모두 '간절함'과 '절박함'을 안고 왔다는 것! 나 역시 인생의 마지막 기회라 여기고 모든 걸 걸었다. 비싼 수업료를 냈다고 해서 공짜로 내 책을 내주진 않았다. 결과는 온전히 자신의 노력에 달려 있었다.

첫 수업을 마치고 돌아가는 광역버스 안에서 얼마나 간절했으면, 절박했으면 전 재산을 책 쓰기 수업에 투자했나 하는 생각에 눈물과 콧물이 섞인 액체가 쏟아졌다. 내가 쓴 책이 출간되는 날, 모든 설움의 구정물이 말끔히 씻은 듯 사라질 거라 믿으며 휴지로 얼굴을 닦았다.

매주 주어지는 과제는 남들보다 두 배로 많이 썼다. 그들과 경쟁하기 위해서가 아니다. 나와의 싸움에서 이기고 싶었다. 바람 빠진 풍선처럼 오래 버티지 못하고 쓰러지는 나를 더는 보고 싶지 않았다. 이 길에서만큼은 단단한 소나무처럼 우직하게 끝까지 해내고 싶었다.

센터를 오가는 왕복 4시간 동안 책을 읽거나 떠오르는 글감을 스마트폰 메모 앱에 적었다. 자정이 넘은 시간에 귀가하면 맥없이 늘어진 몸을 가누는 것조차 힘겨웠지만, 정신을 부여잡고 나만의 글쓰기 시간을 가졌다. 하루 서너 시간만 자도 버틸 수 있음이 신기했다. 난생처음이었다. 새벽까지 불이 켜진 내 방을 보고 놀란 엄마는

"아이고, 지금이 몇 시인데 아직도 안 자는겨? 글쓰기도 좋지만, 몸 사리지 않고 하는 건 반대여. 건강이 최고로 중한겨. 어여 자!"

눈꺼풀이 반쯤 덮인 채 말을 건네는 엄마에게 이 정도는 거뜬하다는 듯 미소를 보냈다. 방문이 닫히자마자 나는 다시 진한 눈물을 삼켜야 했다. 이 길에서 포기할 수 없는 이유 중 하나, 당신이다. 기필코 자랑스러운 딸의 모습을 엄마에게 보이리라 다짐했다.

"띠리릭"

카드회사에서 문자가 왔다. 수업료 외에 필요한 책과 생활비 때문에 대출을 받았는데, 달마다 갚으라고 야단이다. 뭐 어떠하랴. 지나면 추억이 되리. 훗날 이만한 일화도 없이 과거를 회상한다면 재미없지 않겠나. 이것도 시련이라면 감사함으로 받아들여야 마땅하다.

살면서 간절하고 절박한 꿈을 만난 건 축복이라 말하고 싶다. 나는 행운아다.

작가로서의
두 번째 명함

대학교를 졸업하고 들어간 첫 직장인 m.net 방송국에서 나는 명함이 없었다. 당시 방송작가였는데 대본 쓰는 일을 했음에도 막내라는 이유로 명함은 그림의 떡이었다.

3년 뒤에 방송국을 나와 일반 회사에서 사무직으로 일을 시작했고 드디어 내게도 명함이 생겼다. 하지만 생각만큼 기쁘지 않았다. 내가 가장 하고 싶고 잘하고 싶은 일이 아니라 '돈' 때문에 다닌 회사였고 내 의지와는 달리 주임, 대리와 같은 직책을 안아야 했기에 그곳에서 받은 명함이 마냥 반갑지만은 않았다.

2016년 가을, 오랜 시간만큼 많은 것이 달라졌다.

가장 큰 변화는 내가 가야 할 길인 글쓰기와 책 쓰기라는 '사명'을 만난 것이다. 그 길에서 자기계발서와 에세이를 출간했다.

2018년 초겨울, 아무것도 아닌 내가 두 권의 책을 냈을 무렵 '진짜' 명함이 생겼다. 입에 풀칠하는 일이 생겨도 꿋꿋이 이 길을 걷겠노라 다짐하며 값비싼 보석을 대하듯 명함을 손가락 사이에 품고 잠이 들었다.

작가로서 만든 첫 명함은 작은 모임에서 시작됐다. 각자의 꿈을 가진 이들이 모여 미래를 이야기하고 응원하는 자리에서 명함이 탄생했다. 어느 회사의 어떤 직책이 적힌 명함이 아닌, 소속은 없지만 날것 그대로의 내가 그대로 비쳐 보이는 명함이었다.

책이 출간되면 책과 명함을 함께 방송국이나 도서관 관계자들에게 보냈다. 내 명함을 곧장 휴지통에 버렸는지, 지갑에 넣었는지, 책장 어느 틈에 끼웠는지는 알 수 없지만 한 장 한 장 보낼 때마다 입대를 앞둔 청년의 어머니 마음처럼 자랑스러우면서도 애잔했다.

그 후로 2년 반이 지난 지금, 두 번째 명함을 손에 쥐었다. 그새 두 권의 저서가 더 목록에 추가됐다.

내가 가장 좋아하는 연보라색을 덧입혔더니 봄날의 수줍은 소녀와 같다. 거기에 이름 석 자와 가장 좋아하는 글귀를 손글씨로 담아냈다. 곱디곱다. (명함을 만들어 준 '엘리'에게 감사를)

두 번째 명함은 나를 어디로 인도할까. 명함에 새긴 '아무것도 하지 않으면 아무 일도 일어나지 않는다'라는 글귀처럼 앞으로 1년 뒤의 일을 예측할 순 없지만, 그저 눈앞에 주어진 이 길을 묵묵히 걸어야겠다.

돌아보니 나라는 사람, 한 걸음 한 걸음 잘 걸었다. 느릴지라도 잠시 주저앉았을지라도 제자리에 멈춰 서지 않고 일어서서 계속 걸었다. 남과 비교할 때도 있었지만 이내 일어나 있는 그대로의 자신을 돌아봤다. 조급할수록 더욱 하늘의 타이밍을 신뢰했다. 되든 안 되든 실패를 두려워하지 않고 움직였다. 타인의 속도를 들추기보다는 거북이만큼 느리지만 내가 해야 할 일에 초점을 맞췄다.

내가 무슨 유명한 작가나 뛰어난 사람은 아니지만, 스스로가 자랑스럽고 기특하다.

나를 사랑하는 내가 있어 감사하다. 첫 번째와 마찬가지로 두 번째 명함도 나와 함께 힘차게 살아낼 것을 믿는다.

작가로서의 두 번째 명함

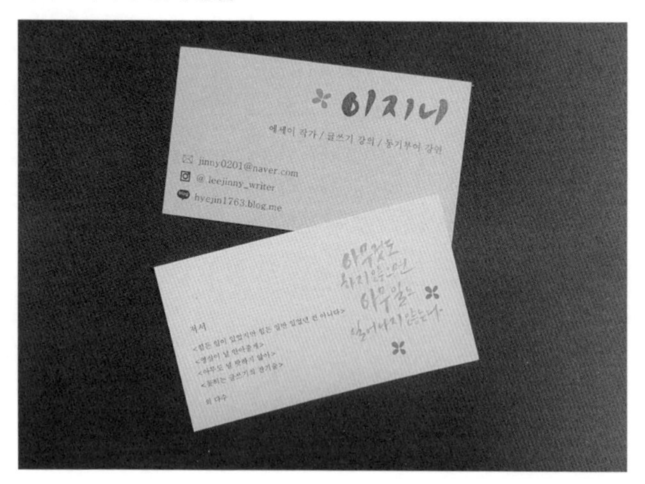

낮은 언덕과 같은 글이라서

앞에서 언급했듯 산문집 『힘든 일이 있었지만 힘든 일만 있었던 건 아니다』는 투고한 모든 출판사에서 연락이 오지 않았기에 자가 출판 플랫폼을 이용해 책을 냈다. 내 글이 좋지 않아서 거절당한 게 아니라며 나 자신을 위로했지만, 텁텁하고 씁쓸한 마음은 쉽게 가라앉지 않았다. 그래도 뭐 어쩌랴. 책이 나왔으니 홍보는 해야지!

늘 그랬듯 친한 H 양에게 출간 소식을 전했고 그중 몇 편을 보여줬다. 나와 대화할 때면 치아를 숨기기 힘들 만큼 유쾌한 시간을 보내지만, 이럴 때의 우리는 꽤 진지한 상태로 바뀐다. 내 글을 읽은 그녀는 살며시 입술을 뗐다.

"언니 글은 뭐랄까, 낮은 언덕 같아요. 부담 없이 오를 수 있는 언덕말이에요. 언니 글을 읽으면 누구나 공감하고 이해할 수 있어요. 그게 매력 같아."

내 마음을 어찌 이리 잘 알았을까! 눈시울이 붉어졌지만 감동은 잠시 감추고 대화를 자연스레 이어가려 애썼다.

"거대한 지식을 담은 것도 아니고 장벽이 높아 어려운 글도 아닌, 누구나 쉽게 다가갈 수 있는 편안한 글이에요. 마치 동네 언니가 토닥거리며 달래 주는 것 같아요."

겸손이 아니라, 지금껏 글을 쓸 수 있는 이유는 잘 써서가 아니다. 적어도 내 글과 만난 사람만큼은 삶을 보는 시선 끝에 부정이 아닌 긍정을, 포기가 아닌 도전을, 불행이 아닌 희망을 보길 바라는 간절한 마음으로 쓰고 있다. 진심이다. 그녀는 아직 다 마르지도 않은 내 눈가 위로 한술 더 떠 말했다.

"언니 글은 무심한 듯 건네는 위로의 손이에요. 그게 정말 어려운 거잖아. 일부러 할 수도 없고, 한다고 해도 부자연스러운데 언니는 그게 '삶'이니까 자연스럽게 흐르나 봐요.”

아, 기어코 눈물샘을 터트리고야 마는구나.

내가 줄 수 있는 선한 향기를 글로 전하고 싶어 이 길로 들어섰다. 그 마음 하나로 지금껏 글쓰기와 책 쓰기의 길을 걷고 있다. H 양의 입술로 ‘지니야, 잘 견뎌왔구나. 잘 걸어왔구나. 그래, 참 잘했다’라며 신이 나를 칭찬해주는 것만 같았다. 이 길 위에서 때로는 좌절했고 불평했고 불안했다. 잘 가고 있는지 이대로 괜찮은지 궁금했다.

“그래, 인기에 연연하지 말고 타인의 글과 비교하지도 말고 이대로 내 길을 걷는 게 맞아. 정말 고마워….”

“언니를 칭찬해요. 쉬워 보이는 듯해도 꾸준히 가고자 하는 길로 나가는 게 어렵잖아요. 그 어려운 걸 해내고 있는 그대에게 박수를!”

이런 이야기를 듣고 어찌 일찍 잠들 수 있나. 그날 밤은 여러 생각으로 물든 내 머릿속이 쉽게 잠을 청하지 못했다. 낮은 언덕과 같은 글로 많은 이를 위로할 수 있다면, 조금이나마 희망을 전할 수 있다면, 그 빛으로 그 누군가가 세상을 달리 볼 수 있다면 그것으로 충분한 것 아닌가. 베개 옆에 있는 책을 펼치니 나를 위해 준비된 듯한 글귀가 보였다.

> 자신이 타고난 능력과 처한 환경을 고려해 신께서는 우리들 한 사람, 한 사람에게 살아갈 것을 명령한다. 이 은밀한 사명을 따라가다 보면 보이지 않는 신이 내 곁에서 나를 관찰하고 있다는 것이 느껴진다. 신의 시선이 느껴짐과 동시에 다른 사람을 부러워하지 않게 된다. 또 대단치 않은 삶이라며 업신여기지도 않게 된다. 그저 '신의 도구'로서 살아가는 순간들에 만족하는 것이다. 톱이 드라이버 역할을 할 수는 없다. 우리들 각자는 남들이 할 수 없는 일을 사명으로 부여받았다.
>
> - 소노 아야코, 『약간의 거리를 둔다』

나는 계속해서 글을 써야 마땅하다. 신이 내게 허락한 이 소중한 시간, 잡생각은 버리고 앞만 보자. 그래, 그러자!

대가 없이 베푼 네 은혜를 어찌 잊으리

미국의 유명 방송인 오프라 윈프리가 쓴 『내가 확실히 아는 것들』을 읽었다. 부드럽게 넘어가는 흐름 속에 나를 멈칫하게 한 글귀가 있었으니….

> 내가 우울해하면 그녀는 나와 아픔을 함께 나눈다. 반대로 내게 좋은 일이 있으면 내 뒤 어딘가에 서서 누구보다도 크게 응원의 함성을 지르고 누구보다도 환하게 미소를 지을 거라는 걸 확신할 수 있다. 때때로 나는 게일이 나의 '착한 자아'가 아닐까 생각해본다. "무슨 일이 있어도 나는 네 편이야"라고 말해주는 그런 존재 말이다. 확실한

것은, 게일은 내가 진정으로 기댈 수 있는 친구라는 사실이다. 그녀 덕에 나는 진정한 벗을 가지는 기쁨과 진정한 벗이 되는 기쁨을 모두 알게 되었다.

- 오프라 윈프리, 『내가 확실히 아는 것들』

오프라 윈프리에게 '게일'이라는 벗이 있다면, 내게는 '카란'이 있다. 2016년 가을, 옷깃만 스쳐도 인연이 될 것만 같은 화창한 날에 그녀를 처음 만났다. 책 쓰기 수업에서 만난 우리는 나이도 같아 금방 친해졌다. 무엇보다 가치관이 '데칼코마니'다.

7주 과정의 수업이 종강할 땐 속이 후련했지만, 수원에 사는 그녀와 인천 끝자락에 사는 내가 앞으로 얼마나 자주 볼 수 있을까 싶은 마음에 사무치게 아쉬웠다. 하지만 누가 '몸이 멀어지면 마음도 멀어진다'라고 했나. 우리의 우정은 장거리도 막을 수 없을 만큼 단단해졌고 4년이 지난 지금도 변함이 없다.

생애 첫 종이책을 출간하려 글을 쓸 때였다. 책 쓰기 수업 비용으로 이미 수백만 원을 쓴 상태에, 그 외 비용까지 엄청나게 투자해 빚이 산더미였다. 아르바이트로 용돈을 벌면 고스란히 카드값으로 빠져나갔다. 커피 한 잔 사 마실 돈이 없다는 말을 실감했다. 누가 만나자고 하면 돈이 드니 이런저런 핑계로 나가지 않았다. 현대판 자린고비라며 혀를 차도 어쩔 수 없었다.

내 형편을 어느 정도 알던 그녀는 "지니야, 난 커피 잘 안 마시니까 너한테 보낼게!"라며 아무렇지 않은 듯 내게 커피 교환권을 보냈다. 한두 번이 아니다. 하지만 나는 알고 있다. 매일 좁은 방 안에서 원고를 쓰는 내가 안쓰러워 가끔은 친구들과 바람 좀 쐬며 기분 전환하라는 그녀의 숨은 뜻을. 자존심에 행여 작은 흠집이 생길까 봐, 나를 배려한 그녀의 깊은 마음을.

"지니야, 지금 네가 쓰는 주제에 이 책이 많은 도움이 될 것 같아!"

한술 더 뜬 그녀는 내게 참고 도서까지 선물했다. 이뿐만이 아니다. 당시 엄마가 편찮으셔서 입원했는데, 가족

안부를 묻길래 별 뜻 없이 말했더니 퇴원하시면 드리라며 전복죽을 사 보낸 그녀다. 그렇지 않아도 지금까지 나를 생각해 준 그녀의 따뜻한 마음을 잊지 않고 보답하리라 다짐하고 있었지만 그날로 더욱더 그 마음을 다지게 되었다.

'그녀가 내게 대가 없이 베푼 은혜를 절대로, 절대로 잊지 말자.'

지금의 나는 커피 한 잔 정도는 여유롭게 마실 형편이 됐다. 그녀가 내게 했던 것처럼 이제는 나도 그녀에게 서프라이즈를 보낸다. 그녀에게 쓰는 돈은 전혀 아깝지 않다. 아니, 더 좋은 선물을 주고 싶다. 경제적인 여유가 있어서가 아니다. 큰 선물은 아니어도 내가 베풀 수 있는 한에서는 잘해 주고 싶다.

대가 없이 베푼 그녀의 마음을 알지만 글 쓰는 삶을 택한 후 가장 힘들던 때에 받은 한없이 따뜻한 손길이라 그 고마운 마음을 머릿속에만 담아둔 채 놔둘 수는 없다.

"세상에! 지니야, 이런 서프라이즈 선물을 내게 하다니! 정말 감동이다."

"아니야, 네가 내게 해준 것에 비하면 아무것도 아니지!"

"그런 걸 기억하다니. 별것도 아니었는데, 뭘."

별것 아닌 게 아니다. 내게는 절대로 잊을 수 없는, 잊어서는 안 될 사랑이자 최고의 선물이었고 가장 어려운 시절 나를 일으켜준 빛이었다.

나뿐만이 아니라 이 글을 읽고 계신 독자님들에게도 이런 인연이 있으리라 짐작한다. 그리고 그런 선한 영향력을 주고받는 사람들 덕분에 세상이 더 밝아지리라 믿는다.

우리를 절망에 빠뜨리는 건 불가능이 아니라

우리가 깨닫지 못했던 가능성이다

- 프랑수아 드 라 로슈푸코 -

3장

나만의 소소한 글쓰기 비법

이래도 메모 안 할래요?

내 나이 스무 살 때 처음 H 언니를 만나 18년이 지난 지금까지 우정을 이어 오고 있다. 누구에게도 쉽게 말 못 할 비밀을 공유하기도 하며 함께 있으면 행복한 사람. 나이가 들어 할머니가 되어서도 함께할 거라 굳게 믿었다.

그러나 4년 전, 언니는 미국에 사는 남자를 만나 결혼하게 되었다. 시대가 좋아 영상 통화든 메시지든 가끔 주고받곤 하지만, 이제는 자주 살결을 맞댈 수 없다는 점이 아쉽기만 하다. 며칠 전, 언니에게서 메시지가 왔다.

"지니야, 내가 2016년에 미국에서 예식 올린 때가 언제지? 혹시 메모해 둔 것 있어?"

나와 친한 지인들은 잘 안다. 내가 메모광이란 사실을. 문뜩 떠오른 아이디어부터 어젯밤에 꾼 꿈, 버킷리스트, 있었던 일, 그날의 감정, 감사일기, 계획 등을 적는다. 그래서인지 언니는 가장 먼저 내가 떠올랐다고 한다. 나는 즉시 9년 넘게 사용하고 있는 스마트폰 메모 앱을 열고 2016년의 기록을 살폈다. 아무리 이것저것 적는다고 해도 언니의 미국 결혼식 날짜까지 있을까 했는데, 있었다!

나는 심마니의 "심 봤다!"라는 외침에 걸맞는 기쁨을 맛봤다. 그리고는 내용을 캡처해 보냈더니, 언니는 "와, 대박! 역시 지니는 대단해!"라며 시원한 칭찬 세례를 퍼부었다.

메모를 시작한 건 2011년 가을부터다. 중국에 있을 때였는데, 한국에 가면 중국에서의 생활이 그리울 것 같아 하루하루 있었던 일을 적었다. 처음에는 한두 줄의 짧은 글이었다. '글'이라 말하기도 민망한 정도였다.

한 해 한 해 적다 보니 벌써 9년이 넘었다. 그동안 모은 글이 곧 900개가 된다. 9년의 세월로 보면 많은 양은 아니지만, 머리부터 발끝까지 전해지는 뿌듯함은 감출 길이 없

다. (또 다른 메모장에는 메모가 300여 개가 넘는다)

가끔 잠이 안 와 뒤척일 땐 메모 앱을 열어 나만의 타임머신에 탑승한다. 1년 전 오늘, 5년 전 오늘이 궁금해 그날의 메모를 부른다. 마치 십수 년 전 땅에 묻은 타임캡슐을 꺼내는 듯한 두근거림이다.

과거의 나를 만나는 시간. 누구보다 진지했고 서글펐으며, 행복했던 기억이 글 안에 녹아 있다. 그때는 뭐가 그리 간절했는지, 무엇보다 하고 싶은 건 왜 그렇게 많았는지 모르겠다. 도중에 포기하거나 실패할지도 모르지만 실행한 내가 그 안에 있었다. 그래, 그 시간을 건넜기에 지금의 내가 있는 거겠지.

2016년 가을에 쓴 버킷리스트를 봤다. 책 출간, 북 콘서트, 라디오 출연이라고 적혀 있다. 세상에! 모두 현실이 됐다. 무엇보다 '반쪽 만나기'가 이뤄졌다. 동갑내기 친구들보다 결혼이 늦어져 마음 한편에 초조함과 조급함이 있었는데, 결혼이 답이 아니라는 걸 알면서도 인생의 동반자이자 가장 친한 친구가 생기길 바랐다. 지금은 그 벗과 매일 함께할 수 있음에 행복하다.

메모의 장점은 굳이 나열하지 않아도 잘 알 거다. 글을 쓰려는 사람에게 더할 나위 없이 좋은데 특히 글감을 찾을 때 애써 머리를 굴리지 않아도 메모 앱만 열면 쓸 거리가 수두룩하다. 실제로 내 책 『꽂히는 글쓰기의 잔기술』의 내용 대부분은 적어놓았던 메모에서 힌트를 얻었다.

평소 메모하는 습관에 길들어 있는 사람은 글쓰기에 수월하다. 지하철이나 버스 안에서 혹은 화장실 안에서, 친구를 기다리면서, 잠들기 전에, 일어나자마자…. 메모할 시간이 없다는 건 핑계다. 단 한두 줄만 쓴다고 누가 뭐라고 하지도 않는다. 메모는 나 혼자만 알고 싶은 내용을 적는 비밀 일기장 역할도 한다.

오늘이 더욱 감사한 건 메모 덕분이다. 아무리 기억을 끄집어내려 해도 기록해 두지 않으면 흐릿해져 사라진다. 앞으로도 메모 습관은 계속될 것이다. 벌써 9년이 지나 몸에 붙은 머리카락처럼 삶의 일부가 된 지 오래다. 메모를 사랑할 수밖에 없는 이유, 이것으로 충분하다.

맞춤법, 띄어쓰기,
문장 집착

어떤 것에 늘 마음이 쏠려 잊지 못하고 매달리는 것을 '집착'이라 부른다. '세 살 버릇 여든까지 간다'라는 말처럼 어릴 때부터 지금까지 내게 붙어 있는 집착이 몇 개 있다.

가장 오래된 집착은 초등학교 다닐 때 생겼다. 숙제하다가 지우개 가루가 조금만 쌓여도 얼른 휴지통에 버렸다. (그러니 학업성적이 제대로 나올 리 만무했겠지) 책상 위에 너저분하게 펼쳐져 있는 지우개 가루는 가뜩이나 집중력이 약한 나를 더욱 신경 쓰이게 했다.

또 다른 집착은 물건의 높이다. 책장에 책이 아무렇게나

꽂혀 있으면 눈에 거슬려서 반드시 그 키를 맞춰 다시 꽂아놓는다. 옷장 옷걸이에 걸어둔 옷이 제각각이면 정신이 사나워 길이대로 줄 세움은 물론이다.

그뿐만이 아니다. 컴퓨터 바탕화면에 이 문서 저 문서가 나뒹굴면 눈이 피로해, 되도록 하나의 폴더에 파일을 모두 넣는다. 바탕화면에는 휴지통, 내 PC, 네트워크, 제어판 정도만 둔다.

나의 집착은 여기서 그치지 않는다. 글을 쓸 때야말로 최고조에 달한다. 먼저 맞춤법과 띄어쓰기인데, 출간을 준비하는 글쓰기라면 이 부분에 집착해야 옳다. 문제는 문자 메시지 안에서도 발동한다는 사실이다. 장난스레 적어 보내도 되는 사이인데 뭔가 찝찝하다. 심지어 지금 쓰는 이 단어가 맞는지 '국어사전 앱'을 열어 확인한다.

하물며 모든 이가 보는 SNS(블로그, 브런치, 인스타그램 등) 글쓰기는 오죽할까. 그런데 웃긴 건 이런 수고를 들여도 100% 완벽하지 않다. 읽고 고치기를 반복해도 돌아서면 또다시 틀린 활자가 고개를 내민다. 환장할 노릇이다.

타인의 글을 읽을 때도 맞춤법과 띄어쓰기 집착의 문은 열려 있다. 아, 놀라지 않아도 된다. 타인의 가벼운 메시지 안에서는 내려놓음을 택한다. '어머! 띄어쓰기, 맞춤법이 왜 이래?'라며 흉보지 않는다. 다만 책이나 신문에 나오는 나름 정제된 글을 만날 때는 얘기가 달라진다. 글을 읽으면서 거슬리는 문장이 발견되면 잠시 멈칫한다. '이 부분을 빼면 좀 더 매끄러울 텐데….' 그러곤 누가 시키지도 않았는데 혼자 첨삭하고 난리다. (너나 잘하세요)

생활 속의 집착은 물론 글쓰기에 관한 집착도 모두 나와 떼려야 뗄 수 없는 사이다. 혹자는 이런 나를 안쓰럽게 바라보며 왜 그렇게 피곤하게 사느냐고 할지 모르나, 안 하는 게 더 피곤하다. 글쓰기 집착이 있었기에 여기까지 올 수 있었는지도 모르기에 그런 섭섭한 소리는 못 들은 거로 하겠다.

글쓰기에도
미니멀리즘이 필요해

주말 아침, 우연히 리모컨을 돌리다가 반사적으로 내 손을 멈추게 한 프로그램이 있었으니. 〈신박한 정리〉라고?

배우 신애라가 자신의 집에서 개그우먼 박나래와 '정리'에 관한 이야기를 나누고 있다. 얼핏 보아 모델하우스 같은데 집이란다. 어쩜 저렇게 깔끔할 수 있을까! 5인 가정이라는 게 무색할 정도로 냉장고 안은 20%만 사용되고 있다. 거실에는 텔레비전 한 대 없이 긴 테이블에 의자 6개가 전부다. 본래 연예인 옷장은 매장을 떠올릴 만큼 많은데, 이건 너무 소박한데?

그다음에 두 사람은 배우 윤균상의 집으로 향한다. 고양이 네 마리를 키우는 윤 집사네는 누가 봐도 정돈이 안 됐다. 서론은 패스하고 옷 비우기부터 시작하는 이들.

신애라가 말하는 정리하기의 가장 기본 포인트는 다음과 같다.

"정리할 때 이것이 꼭 필요한지, 그저 나의 욕구인지를 구분해야 해요."

1년 이상 그 옷을 입지 않았다면 내년에도 그다음에도 찾을 리 없다고 말하며 '욕구' 상자에 넣으라고 재촉한다. '비우기 첫 경험'에 정신이 나간 윤균상은 아쉬움이 한껏 묻은 얼굴로 "이건 안 입는 옷이 맞지만 제가 군 생활할 때…", "이 옷은 무명 시절에…."

"추억이라는 이름으로 물건을 쌓으면 안 돼요. 신발이든 옷이든 추억이 깃들었다면 정말 간직하고 싶은 한 가지만 두세요. 나머지는 사진을 찍어요. 물건이 없다고 해서 추억이 사라지는 게 아닙니다. 그림이나 편지 등은 서류철에 정리하고요."

옷, 모자, 책, 잡화 등을 그렇게 분리한 후, 두 번째 과정이 남았다. 바로 '재배치'다. 이곳이 침실인지 고양이 방인지 알 수 없는 공간들. 전문가의 손길로 그의 집이 완전히 바뀌었다. 가히 기적과도 같다.

"방마다 목적이 뚜렷해야 합니다. 잠자기 위함인지 운동을 위함인지 고양이를 위함인지 명확해야 해요."

"정리하다 보면 진솔한 나를 찾게 되는 것 같아요. 필요치 않은 욕심, 허세, 수치심 등 많은 것을 덜어내고 나에게 진짜 필요한 것, 우선순위를 찾게 하죠. 중요한 일에 초점을 맞춰서 살아갈 수 있는 진솔한 나를 찾는 과정이에요."

신애라의 말처럼 우리 삶에 정리는 꼭 필요하다.

- tvN 〈신박한 정리〉 1회차 방송 내용 중에서 -

글쓰기도 마찬가지 아닐까? 초고는 말 그대로 '걸레'다. 머릿속의 설계도를 기초로 일단 생각나는 대로 쏟아내 적는다. 처음부터 욕심내면 쓰는 맛이 떨어진다. 멈추어 수정하고 쓰다가 또 수정하면 글쓰기 속도마저 더디다.

너무 고치지 말고 초고를 일사천리로 얼른 끝내야 글쓰기 맛을 느낄 수 있다. 글이 엉망진창이라고? 걱정하지 마라. 우리에겐 고쳐쓰기인 퇴고가 남았으니.

퇴고할 때는 필요와 욕구를 가른다. 즉, 비우기다. 내가 써 놓은 글이 무참히 잘리는 시간이다. 소리 내어 읽으면서 '굳이' 없어도 되는 단어나 문장, 중복되는 표현을 가차없이 거른다. 처음에는 눈에 잘 안 들어오지만, 여러 번 읽으면 비슷한 말이 보인다.

다음은 글 배치다. 막무가내로 쓴 글을 기승전결에 맞추는 과정이다. 위쪽에 있는 문장이나 문단이 아래로 가는 게 나을 때가 있고, 반대인 경우가 있다. 이 과정도 소리 내어 읽어야 잘 보인다.

새로운 가구 없이 비우기와 공간 재배치만으로 완전히 다른 집이 되는 것처럼 퇴고만으로 글의 질이 달라진다. 화려한 문체 따위를 더할 필요도 없다.

초고를 공개하는 건 민낯을 드러내는 것보다 부끄럽다. 하나의 글을 수십 번 퇴고해 본 이는 공감할 것이다. 초고는 군더더기투성이라 여러 번의 퇴고를 거쳐야 비로소 세상에 내놓을 수 있다.

어느 집은 미니멀리즘을 또 어느 집은 맥시멀리즘을 추구한다. 주인의 성향이 다르니 답은 없다. 하지만 글쓰기만큼은 미니멀리즘을 앞세우는 건 어떨까? '신박한 정리'는 글쓰기에도 필요하다. 필요한 것만 남겨두고 비워서 담백하게!

생각을
노력합니다

활짝 핀 개나리를 보며

개나리, 너는 봄이 되면 우리의 시각을 춤추게 하고, 가을이 되면 여드름, 종기 따위에 약재로 쓰여 희생을 감수하지. 나는 무엇을 위해 수고할 수 있을까? 이기적인 내가….

멸치볶음을 먹으며

손가락 마디보다 작은 이 녀석도 선한 영향을 주는데, 나는 누군가에게 그런 존재인가?

본격적인 글쓰기를 다짐한 뒤부터일까? 눈앞에 보이는 풍경이나 겪은 일 등을 다른 시선으로 보려는 습관이 생겼다.

어떻게 하면 좀 더 나은 글이 탄생할지 대상을 보는 시선을 한 번 더 비튼다. 이때부터 머릿속 '생각 공장'은 쉴 틈 없이 돌아간다. 겉으론 세상 평안해 보여도 머릿속은 난리다. 대상을 보는 시선이 내 마음에 들 때까지 완전가동이니까. 꼭 이렇게까지 할 필요가 있을까, 싶을 때도 있다.

글을 쓰려면 세상을 다르게 보는 시선이 필요하다고들 말한다. 누구나 할 수 있는 방식이 아닌, 나만의 특별한 시선이 중요하단다. 그 특별함이 글에 잘 녹을수록 금상첨화겠지. 지금은 억지로 짜내고 있지만, 노력에 노력이 더해지면 물 흐르듯 자연스러워지는 날이 올 테니 계속해서 관점을 달리하고 생각 공장을 단련하련다.

내게 타고난 글쓰기 재능은 많지 않기에 노력으로 채워야만 한다. 평생 책을 쓰기로 한 이 길 위에 서기까지도 많은 시행착오와 노력이 필요했다. 절대 포기하고 싶지 않다. 그렇다면 어떻게든 해야 한다? 노력해야 한다!

가끔은 나도 일탈을 꿈꾼다. 눈에 보이는 대로 "좋다!", "맛있다"라는, 그야말로 1차원으로만 표현하고 싶을 때가 있다. 그럴 땐 생각 공장의 문을 닫아버리고 싶다. 자물쇠로 걸어 잠가 1mm의 틈도 허락하기 싫다. 하지만 막무가내 정신을 발휘하며 마음을 다잡는다.

'자자, 이런 시선은 어때?'

'한 번 더 생각해 봐!'

생각 공장 문에 두세 개의 열쇠를 더 채워도 소용없다. 얄미운 줄 알면서도 어쩔 수 없이(?) 아이디어가 들어오면 얼른 스마트폰 메모 앱에 적는다. 기억은 연기와 같아서 '지금' 기록하지 않으면 내일은 없다는 걸 잘 알기에 생각 공장에 아이디어가 들어올 때마다 문전 박대할 수 없다.

'생각'이란 녀석과 나는 자석의 N극과 S극보다 더 끈끈한 사이가 됐다. 때론 귀찮을 때도 있지만 이미 습관이 돼 버린 녀석에게 고마움이 더 크다.

아래 글귀를 읽으니 한 번 더 생각하려는 노력이 내가 깨어 있다는 증거구나 싶다.

아는 만큼 보인다고 했습니다. 그것은 어쩌면 늘 깨어 있어야 한다는 말과도 같을 겁니다. 자기 자신에 대해서도 깨어 있고 바깥을 향해서도 열려 있어야 하는 것이죠. 그래야 책 한 권을 읽어도 가벼이 읽게 되지 않고 음악 한 곡을 들어도 흘려듣지 않게 될 겁니다. 누군가와의 만남도 스쳐 지나가는 만남이 아니라 의미 있는 만남이 될 겁니다. 한순간 스치는 바람이나 어제와 오늘의 다른 꽃망울에도 우리는 인생을 뒤흔드는 순간을 만날 수 있습니다.

- 한동일, 『라틴어 수업』

어제와 오늘의 내 작은 걸음이 부디 좋은 글로 흐르길 바라며 또다시 꿈을 꾼다.

퇴고,
그 짜릿한 고통

* 퇴고 : 글을 다듬어 고치는 것

나는 책 집필뿐 아니라 SNS에 글을 올리기 전에도 퇴고의 시간을 보낸다. 퇴고의 시간은 힘들고 고되다. 아마도 고된 훈련과 도전으로 시련을 이겨내는 피구왕 통키도 괴로운 퇴고의 시간만큼은 견뎌내지 못할 것이다. (1992년 SBS에서 방영한 일본 애니메이션 〈피구왕 통키〉의 주제곡에 '고된 훈련과 도전으로 시련을 이겨내리'라는 가사가 있다)

요즘 블로그에 올리는 글의 길이는 A4 한 장 반 정도다. 컴퓨터 앞에 앉아 글을 쓰니 30분이 지났다. 무에서 유를 만나는 첫 시간. 초고는 다 걸레라서 속도가 붙는다. 어순이 맞든 틀리든 맞춤법이나 띄어쓰기는 개나 줘버릴 듯 휘갈긴다. 우리 집 걸레도 얘(초고)보다는 낫지 싶다. 걸레지만 마침표를 찍는 순간! 아이고, 예뻐죽겠다.

글쓰기에 맞고 틀림이 없듯, 퇴고 역시 마찬가지다. 그저 내 방식을 말하련다. 걸레 초고를 읽으며 흐름에 맞게 문단을 나눈다.

여기서 퇴고를 위한 포인트 하나! 소리 내어 읽으며 문장을 다듬는다. 그렇지 않으면 상의는 정장인데, 하의는 운동복을 입은 듯한 불균형한 상황과 맞닥뜨리게 된다.

매의 눈으로 골라낼 때마다 얼마나 짜릿한지는 옆집 오빠도 모른다. 이때, 완벽하게 고칠 생각은 마시라! 고치고 또 고치고 또 고쳐야 하느니라. 공기 반 소리 반도 좋으니 좌우지간 입 밖으로 소리 내어 읽는다.

포인트 둘! 퇴고는 '쉼'이다. 잠시 시원한 보리차 한 잔을 들고 소파에 앉아 느긋한 시간을 갖는다. 온종일 심심했을 반려동물과 산책도 하고 쇼핑도 하며 콧구멍에 바람을 좀 넣는다. 단, 쉬는 동안은 제발 부탁이니 원고 생각은 먼 나라 이웃 나라로 보내시길 바란다. 에어컨이나 선풍기, 하물며 부채라도 좋으니 머릿속 원고는 시원하게 날려 버리시라!

애써 쓴 글을 왜 자꾸 잊으라 하냐고? 최소 서너 시간이 지나야 글이 새롭게 보인다. '쉼'이 길수록 고쳐야 할 부분이 두더지 게임의 두더지처럼 자동으로 머릴 내민다. 그만큼 고칠 부분이 잘 보인다. 그렇게 한 시간 후, 세 시간 후에 다시 읽고 고친다. 잠들기 전에도 고친다. 이런, 꿈에서도 고친다. 역사적으로 유명한 여러 작가도 고쳐쓰기에 대해 다음과 같이 이야기한 바 있다.

어니스트 헤밍웨이는 『무기여 잘 있거라』 마지막 부분을 쓸 때 서른아홉 번이나 고쳐 쓰고 나서야 만족했다고 말했다. 블라디미르 나보코프는 저절로 유려하게 글이 써지는 것은 기적 같은 일이라며, 자신은 지금까지 발표한 모든 글을 고쳐 썼고, 때로는 몇 번씩 고쳐 쓰기도 했다고 적었다. 그리고 계관 시인이었던 마크 스트랜드는 시를 쓸 때마다 때로는 사오십 번 정도 고쳐 쓴 다음에야 마무리가 된다고 말했다.

나는 고쳐 쓰기를 좋아하고, 그냥 저절로 나온 글은 믿지 않는다. 그게 나의 방식이다.

- 수전 티베르기앵,『글쓰는 삶을 위한 일 년』

책 출간이 목적이라면 초고를 쓴 후 보름에서 한 달 뒤에 퇴고해도 좋지만, SNS 발행을 위한 '쉼'이라면 길어야 하루 이틀이다. 다음 날 아침 눈을 뜨자마자 스마트폰을 열어 또다시 퇴고한다. 좋아하지 마시라. 한 방에 안 끝난다. 앗싸! 고쳐야 할 데를 건졌다. 끝이 보이지 않던 퇴고가 어느새 종점에 닿는다.

제목부터 마침표까지 혀가 부드럽게 넘어가는 것을 확인한 후 발송 버튼을 누른다. 이게 끝이냐고? 설마. 발송한 후 읽어보니 몇 군데가 눈엣가시처럼 거슬린다. 다시 고친다.

잠깐! 맞춤법과 띄어쓰기는 영원한 숙제다. 나도 어렵다. 차라리 『수학의 정석』을 다오….

블로그나 브런치에서 글을 발행할 경우 자체 맞춤법 검사기를 사용하지만 100% 신뢰하진 않는다. 미련이 남는 글자가 있다면 인터넷 사이트 '표준국어대사전'을 이용한다.

'잘 가라, 내 자식!'

아직 출산의 고통은 모르지만 글도 내가 낳은 자식이다. 온종일 쓰고, 읽고, 다듬고, 고치기를 거쳐 비로소 세상에 나온 금쪽같은 내 새끼. 사랑한다, 녀석들아!

독서를 사랑하게 된 여정

코흘리개 적부터 책이 좋았다. 아빠가 사주신 조립식 완구보다 아랫집 윗집 아주머니가 물려주신 동화 전집, 위인전에 마음을 뺏겼다. 이런 나를 보는 부모님의 눈빛은 밤하늘의 별보다 빛났다. 어릴 때부터 책을 좋아한다면 분명 영재일 거야, 하는 말도 안 되는 착각을 하신 까닭이다.

죄송하게도 내게는 읽는 행위가 아닌, 그저 책장에 꽂힌 책을 물끄러미 바라보는 것만이 행복이었다. 나는 책 읽기보다 책 자체만 좋아했기 때문이다.

초등학생 때부터 주말이 되면 언니와 함께 놀이터 대신 동네 서점을 찾았다. 수많은 책 속에 있노라면 보드라운 솜사탕 위에 누운 것처럼 달콤했다. 어린 나의 마음 밭에 평안과 행복의 꽃이 피었다. 언니도 나와 같은지, 한 시간이 넘도록 자신이 좋아하는 책을 고르며 서로를 귀찮게 하지 않았다.

용돈을 받으면 먹고 싶은 쭈쭈바나 떡볶이도 꾹 참고 책을 사는 우리였다. 집에 있는 책장에 새 책이 꽂히는 순간만큼은 내가 어렸을 때 동경한, 왕자님의 사랑을 먹고 사는 백설 공주나 신데렐라도 부럽지 않았다.

대학교를 졸업하고 사회생활을 하면서도 책 사랑은 계속됐다. 경제 활동을 하니 사재기는 곧장 특기로 변했다. 인터넷 사이트에 들어가 장바구니에 책을 한가득 담으면, 제일 좋아하는 로제 파스타를 먹지 않아도 배가 불렀다. 하루하루 사들인 책이 배달될 때마다 엄마의 단골말이 귓가를 스쳤다.

"또 샀어? 그런데 너, 이전 책들은 다 읽고 사는 거니?"

그럴 리가요. 어릴 때의 나를 잊었다면 섭섭합니다. 말 그대로 나는 책 구매가 좋은 것뿐이라고요.

하지만 2017년 봄, 결혼한 후부터 본격적으로 책을 읽기로 했다. 글을 잘 쓰고 싶어서다.

책 읽기가 글쓰기에 도움 된다는 불변의 법칙을 나도 따르고 싶어졌다. 하지만 옛 버릇을 어찌 하루아침에 바꿀 수 있단 말인가. 책 모으기 애호가에서 애독가로 업그레이드하기 위해서는 특별한 전략을 세울 수밖에 없었다.

우선, 집안 어디에서든 책과 마주치게 했다. 현관문을 열고 들어와서 입구에 놓인 슬리퍼로 갈아신으면 바로 옆 수납장에서 다섯 권의 자기계발서와 세 권의 산문집을 만날 수 있게 했다.

몇 걸음 들어오면 내 서재가 보인다. 안쪽에는 한쪽 벽면을 다 채우지 못한 흰색 책장이 있는데, 결혼하면서 오래된 책이나 한 번 이상 안 읽은 책은 모두 기부했다. 글쓰기를 좋아한다는 사람의 책장치고는 심심한 이유다.

설마 요리하는 부엌은 잠잠하겠지, 라고 생각했다면 미안하다. 가로 길이 150㎝ 아일랜드 식탁에 스무 권의 책이 대기하고 있으니까.

소파 옆 작은 테이블 위도 마찬가지다. 심지어 침실도 예외는 아니다. 침대 위에는 글쓰기 책이 10여 권 놓여 있고, 베개 옆에는 요즘 번갈아 가며 읽고 있는 산문집 두 권이 자릴 차지하고 있다.

책 좀 읽는 주부로 보이고 싶어 그런 게 아니다. 앞서 말한 바와 같이 눈앞에 보이지 않으면 읽지를 않으니, 억지로라도 눈에 띄는 곳에 책을 배치한 나름의 전략이다.

이 방법은 통했다. 책을 시각으로만 즐기던 내가 변하기 시작했다. 집안 곳곳에 책이 보이니 과자를 먹듯 자꾸만 손이 갔다. 책 읽기를 제대로 하겠노라 다짐한 지 한 달이 채 안 됐을 무렵이다. 육안으로는 모르지만 조금씩 싹이 돋는 것처럼 책을 대하는 내 모습이 자라고 있었다.

이전에 책을 읽을 땐 그저 눈으로 빠르게 활자를 보냈다. 책장을 접지도 밑줄을 긋지도 않았다. 그러면 큰일 나는 줄 알았기에 신줏단지 모시듯 했다. 타인에게 책을 빌려주기라도 하면 침 묻히기 금지, 책장을 접거나 세게 넘기기 금지 등 수십 개의 금기 사항을 알리곤 했다.

소리 내어 책을 읽는다는 구체적인 변화도 일어났다. 귓가에 들어오는 글귀가 고스란히 맘속에 자리 잡을 때면 저자와 한층 가까워짐을 느낀다.

아직 놀라기엔 이르다. 독서와 사랑에 빠진 나는 한 손에 펜을 쥐고 기억하고 싶은 구절이 나오면 과감히 밑줄을 긋는다. 한술 더 떠 순간의 느낌이나 아이디어가 스치면 해당 페이지에 마구 적는다. 이렇게 해야 제대로 된 독서 즉, 저자가 심어놓은 세계에 조금이나마 몸을 담근 듯해서다.

독서는 때로는 내가 아직 경험하지 못한 세상을 전해주어 인생의 방패막이 되어 주고, 때로는 나와 비슷한 실패나 아픔의 이야기를 들려주며 따스한 위로가 되어 준다. 이전에는 글쓰기 때문에 어쩔 수 없이 책을 읽었다면, 이제는 곁에 두고 싶은 연인이 됐다.

따스한 햇볕이 예고도 없이 찾아온 어느 오후, 세련되진 않지만 차분한 느낌의 옅은 회색 6인용 테이블이 놓여 있다. 한쪽 벽면을 가득 채운 책장에는 책들이 꼿꼿하게 서 있다. 조금 전 함께 읽은 책에 대해 도란도란 이야기를 나누고 있는 한 가족. 바로 내가 꿈꾸는 우리 집 거실 풍경이다. 독서를 사랑하게 되며 생긴 꿈이다.

오늘도 나는 좋은 글을 쓰기 위해 책상 앞에 놓인 한 권의 책을 읽는다.

내 글쓰기의 8할은 블로그 덕분

내가 진행하는 글쓰기 강의에서 빠질 수 없는 내용이 바로 블로그다. 지금 이 길을 걸을 수 있게 된 건 8할은 블로그 덕분이라 해도 지나치지 않다.

2012년, 서울에 있는 한 중국어 교육 회사 마케팅팀에서 근무한 적이 있다. 2년 동안 근무하고 중국에 가야 할 개인적인 사정이 생겨 퇴사했는데, 회사의 배려로 중국 현지 사무실에서 아르바이트를 할 수 있게 됐다. 그때가 2014년 11월이었다. 일은 하루에 한두 시간이면 충분했기에 남은 시간에 뭘 하며 지낼까 하다가 블로그를 시작했다.

처음에는 그저 중국 드라마가 재미있어서 대사 몇 개를

번역해서 올리기도 하고 중국, 홍콩, 대만 등의 중화권 여행지를 포스팅하기도 했다. 콘텐츠가 하나하나 쌓이면서 '지니의 감성 차이나'라는 블로그 이름에 자부심마저 품게 됐다. 특별한 목적이 있기보다는 좋아하는 분야의 콘텐츠를 올리며 즐겁게 시작한 포스팅이라 '좋아요'나 '댓글'에는 신경 쓰지 않았다. 꾸준히 글을 올려서인지 많은 분이 블로그를 찾아와 이웃이 되었고 최적화가 된 블로그로 상위 노출이 잘 됐다.

"내용이 무척 유익해요!"

"다음 편도 기대할게요!"

"혹시 책으로 출간할 계획은 없나요?"

이웃들의 칭찬과 응원이 나를 일으켜 세웠다. 블로그 덕분에 꾸준히 드라마 대사를 번역하면서 영상 번역을 제대로 배우게 됐고 H 스승님의 권유로 세 권의 전자책을 출간하게 되었다. 그리고 이 일을 계기로 진짜 내 길인 '글 쓰는 삶'으로 들어설 수 있었다. 현재 이 블로그는 '이지니의 글쓰기 놀이터'라는 이름으로 활발히 운영 중이다.

블로그가 아니었다면 과연 일곱 권의 책을 출간할 수 있었을까? 누군가에게 글쓰기를 가르칠 수 있었을까? 모르겠다.

꼭 개인 브랜딩을 위해서가 아니더라도 글을 쓰고 싶다면 블로그를 시작하면 좋겠다. 브런치나 인스타그램도 좋은 글쓰기 통로지만, 유행을 타지 않아 안정적이며 글의 분량에 구애받지 않고 다양한 정보나 이야기를 담을 수 있는 블로그가 나는 좋다.

내게 쉼터가 되어 주고 생각지도 못한 기회를 줬으며, 귀인까지 만나게 해 준 블로그. 더 나아가 여전히 내게 동기부여와 꿈을 심어주는 고마운 녀석이기도 하다. 이제는 블로그라는 존재가 사라지는 그날까지 녀석을 놓지 않을 테다.

소리 내어 읽으면 달라집니다

지금 이 글을 쓰고 있는 나는 임신 35주 차다. 입덧은 나름대로 얌전히 지나갔고, 출혈 등의 큰 이상 없이 임신 기간을 잘 보내고 있다. 30주부터 눈에 띄게 배가 나오더니 지금은 앉았다가 일어서는 게 힘겨울 정도로 많이 나왔다. 앞으로 최소 한 달은 더 버텨야 하는데, 배는 점점 더 남산을 닮아가겠지?

임산부들이 자주 드나드는 인터넷 카페에 가면 다들 다양한 태교로 자신은 물론 배 속의 아기를 즐겁게 한다. 그 중 아기의 애착 인형이나 배냇저고리, 내의 등을 만드는 산모도 여럿이다. 하지만 내가 누군가. 알아주는 '똥손'이 아니던가. 작품의 결과보다 만드는 정성이 중요하다 여기면서도 애초에 손재주가 필요한 태교는 꿈에도 생각하지 않았다. 수학 문제집을 사다가 풀 수도 없고 말이지.

태교를 위해 억지로 무언가 해야 한다는 생각에는 마음이 뒷걸음질 쳐졌다. 좋아서 하는 일이 아닌 다른 목적이라면 내 성격상 열흘도 못 버틸 게 뻔했다. 내겐 아직 억지로 뭔가를 할 만큼의 모성애는 없는 듯하다.

"엄마가 태교로 매일 글을 쓰고 책을 읽으니 튼튼이(태명)는 좋겠다."

"똑순이가 탄생하겠네! 저렇게 열심히 태교하는 걸 보니."

남들에게는 내가 태교에 힘쓰는 거로 비쳤겠지만, 단지 '내 일'을 열심히 했을 뿐이다. 프리랜서 작가인 내가 하는 일이야 불 보듯 뻔하지 않나. 책 읽기, 글쓰기, 강의하기 등. 양심상(?) 한 가지는 신경 좀 썼다. 바로 '소리 내어' 책 읽기다. 임신 전에도 가끔 소리 내어 읽었지만, 지금은 매일 그리 한다.

배 속의 아기는 오감 중 청각이 가장 먼저 발달한다고 한다. 그래서 좋은 음악이나 엄마와 아빠의 목소리를 들려주면 좋다. 독서는 내가 매일 해야 하는 일 중 하나지만, 아기도 함께하길 바라기에 더욱 소리를 낸다.

물론 동화책 태교가 아닌, 지극히 내 일과 연관된 독서다. (남편이 밤마다 아기에게 책을 읽어준다) 태교책이 아닌지라 눈으로 조용히 활자를 지나도 좋지만, 이왕이면 귓가에 들려주고 싶은 것이 엄마 마음이다. (생색은 있는 대로 다 내는구나, 아주)

글을 발표하기 전에 해야 할 일이 마지막으로 하나 더 남아 있습니다. 소리 내어 읽어보는 일이지요. 그러면 눈으로 원고를 볼 때는 보이지 않았던 문장의 어색한 부분을 찾아낼 수 있습니다. 길게 늘어지는 문장을 어디서 끊어야 할지, 쉼표는 어디에 찍어야 할지 여러분 스스로 알아낼 수 있을 겁니다.

- 이강룡, 『글쓰기 기본기』

초고를 쓴 후 고쳐쓰기를 할 때 소리 내어 읽으라는 말은 이강룡 작가님의 글 외에도 여기저기서 들었을 테다. 내 입 밖으로 나온 문장이 고스란히 귓가에 들어가면, 자연스레 문장이 보인다. 분명 같은 글인데 눈으로만 보는 글과 입으로 소리 낸 글은 확연히 다르게 다가온다.

전자의 경우 띄어쓰기나 맞춤법은 어느 정도 잡아낼지라도 주어나 서술어 관계, 문단 흐름의 문제 등은 쉽게 알아채기 어렵다. 하지만 소리 내어 읽는다면 숨어서 잘 보이지 않았던 문장의 어색한 부분까지 고개를 내민다.

책을 쓰기 위한 글쓰기가 아닌 A4 반 장 정도 길이의 짧은 글일지라도 발행하기 전에 소리 내어 읽어보길 권한다. 짧은 글부터 소리 내어 읽고 고치는 연습을 한다면 긴 글 앞에서도 당황하지 않고 고칠 부분을 찾아낼 수 있을 것이다. 이 습관이 몸에 배면 고쳐쓰기에 대한 두려움에서 멀찌감치 떨어질 수 있다.

솔직히 귀찮은 작업이다. 눈으로 스르륵 보는 것보다 시간도 훨씬 많이 걸린다. 무엇 하나 공짜가 없다.

말이 나온 김에 글쓰기 실력을 높이는 방법을 한 가지 더 권하자면, 좋아하는 책을 골라 소리 내어 읽으면 좋겠다. 책 한 권 필사(베껴 쓰기)의 장점과 견주기엔 미약하지만 작가의 문체, 의도 등을 어느 정도 흡수할 수 있다. 눈으로만 읽는 것보다는 확실히 낫다.

말이 글감이 되는 순간

"언니를 볼 때마다 느끼지만, 실행을 참 잘하는 것 같아요. 마치 한 번도 실패하지 않은 사람처럼요."라고 하는 거다. "응? 그게 무슨 말이야?"라며 되물었더니, "어떤 일을 할 때 내 생각만큼 잘 안 되면 좌절하고 포기할 텐데, 언니는 언제 그랬냐는 듯이 다음 스텝을 생각하고 또 바로 실행하고 있어요. 볼 때마다 신기하고 대단해요."

- 한 번도 실패하지 않은 것처럼

"언니, 이번 책은 뭔가 달라. 솔직히 말하면 첫 번째, 두 번째 책은 비슷한 느낌이었어. 게다가 내가 자기계발서나

에세이에는 흥미가 없잖아. 그래서 좀 더 객관적으로 읽었는지 몰라. 내가 좋아하는 분야는 아니어도 소중한 언니가 쓴 책이니까 읽어야지, 라는 마음으로 말이야. 그런데 이번 책은 확실히 달라. 문체나 내용이 탄탄해졌어. 내가 뭐 평가하는 건 아니지만, 언니 책인 줄 모르고 있었으면 인스타그램에 올라오는 유명한 책이라고 느꼈을 거야. 무엇보다 읽는 내내 기분이 좋아."

- 오늘 나, 풍선이 될래

영화 〈리틀 포레스트〉를 봤다. 두 개의 대사를 기억한다. "기다려, 기다릴 줄 알아야만 최고로 맛있는 음식을 맛볼 수 있어.", "모든 것은 타이밍이라고 엄마가 늘 말했었지." 자라면서 귀에 딱지가 붙을 정도로 들었던 말. '기다림' 그리고 '타이밍'. 별것도 아닌 대사일 수 있는데 내 심장 가운데에 명중했다. 바쁘다는 핑계로, 시간을 아끼고 싶다는 이유로 빠른 방법을 원했던 나. 그로 인해 여전히 흔적으로 남은 아픈 기억들.

- 오감(五感)이 숨 쉬는 삶으로

미국 아카데미 역사상 최초로 작품상에 이름을 올린 한국 영화 〈기생충〉. 그 안에 배우 이정은이 자리한다. 그녀는 KBS 〈대화의 희열2〉에서 오랜 무명을 지나 지금의 대세가 되기까지의 삶을 전했다. (중략) "연극을 할 때 1년에 20만 원을 벌었어요. 그래서 연기하면서도 아르바이트를 했죠. 연기 지도뿐 아니라, 마트 일, 간장과 녹즙 등을 팔기도 했어요. 제가 45세에 방송 데뷔를 했는데 40세까지 그렇게 아르바이트를 한 거예요. 지나고 보니 헛된 시간이 아니더라고요. 그 일로 저는 시간을 보내는 법을 알게 됐어요. 어릴 때는 막연하게 어떤 역할을 하고 싶다고 생각했는데, 배역을 맡기 위해서는 만들어지는 과정이 필요하더라고요. 무엇보다 얼굴이 주는 느낌을 무시할 수 없는데, 아마도 배우로서의 얼굴이 만들어지는 데 필요한 시간이지 않았을까 싶어요."

- 우리에게 필요한 시간

위의 글들은 내 책 『힘든 일이 있었지만 힘든 일만 있었던 건 아니다』에서 발췌했다. 글 쓰는 사람에게 영원한 숙제는 뭐니 뭐니 해도 '글감 찾기'이다. 나 역시 거의 매일 글을 쓰면서 '아, 오늘은 어떤 주제로 쓸까?'하고 잠시 고민하지만, 주제 찾기는 생각만큼 어렵지는 않다. 이유인즉슨, 내 입에서 나오는 말이나 상대가 하는 말을 주의 깊게 듣고 평소에 메모해두기 때문이다.

이 습관을 쌓은 지는 꽤 오래됐다. 내가 어떤 사람의 말을 메모할 때 그 사람은 나와 아는 사이일 수도 있고, 텔레비전 속 어떤 이일 수 있다.

지인과 대화하다가 괜찮은 글감을 만나면 스마트폰 메모 앱에 적는다. 대화 내용을 구구절절 적으면 상대방에 대한 예의가 아니니, 키워드만 남기거나 양해를 구해 조금만 적는다. 대화가 아닌 메시지로 주고받았을 때는 글감이 될 부분을 캡처해 내 컴퓨터에 '글감'이라는 폴더를 만들어서 그 안에 넣어둔다.

텔레비전에 메모하고 싶은 내용이 나오면 역시 빠르게

메모하거나 분량이 길다 싶으면 동영상으로 남긴다.

말을 글감으로 활용해서인지 글이 살아서 움직이는 듯한 느낌을 받는다. 책으로 출간되기라도 하면 기꺼이 글감을 제공해준 지인들은 "어머, 내가 저렇게 멋진 말을 했단 말이야?"라며 놀란다. 책에 싣고자 어느 정도 각색하지만, 본연의 모습은 그대로 둔다. 귀찮을 법해도 이런 수고도 없이 글을 쓰겠다고 하는 건 좀 아니지 싶다.

말에 귀를 기울이면 쓸 만한 소재가 엄청나게 많다는 걸 느끼게 된다. 넘쳐나는 글감으로 과부하가 걸릴지도 모른다. 머릿속 안테나만 세운다면 오늘 가족과 나눈 대화, 대중교통 안에서 흐르는 타인들의 대화, 텔레비전 속 자막에 꽂힌 문장, 라디오에 스친 DJ의 말이나 청취자의 사연, 잠들기 전 지인과 주고받은 메시지 등 생각지도 않은 글감이 무수히 쏟아지고 있음을 알게 된다. 이러니 메모 외에는 방도가 없다.

말과 글을
조금 더 구체적으로

"조금 더 구체적으로"

이 말을 실천하려고 노력하고, 틈날 때마다 연습하세요. 구체적으로 표현할 줄 알면 글쓰기 비법의 반은 터득한 것이나 다름없습니다. 말을 할 때도 글을 쓸 때도 구체적으로 표현하려고 노력하세요. 구체적으로 표현하려다 보면 참신한 소재를 찾을 수 있고 주제도 더 뚜렷해집니다. 평소에 구체적으로 표현하는 연습을 많이 해 두어야 합니다.

- 이강룡, 『글쓰기 기본기』

글쓰기 전문가들이 소리높여서 하는 말, '구체적으로 말하듯이 써라'. 처음부터 습관이 된 사람은 없지 싶다. 이강룡 작가님의 말처럼 평소에 연습해야 한다. 나는 이 연습을 '메모 쓰기'에서부터 시작했다.

2011년 11월부터 본격적으로 시작한 메모는 내년이면 벌써 10년째가 된다. 스마트폰 메모 앱에 적은 수백 개의 메모를 보고 있노라면 밥을 안 먹어도 배가 부르다. 새로운 계절이 왔음을 알리는 자연을 볼 때마다, 바바리코트를 입고 우울과 벗 삼고 싶을 때마다, 과거의 오늘이 궁금할 때마다 휴대폰 안에 있는 '네이버 메모 앱'을 연다. 종이에 적지 않아서인지 빛바랜 흔적 없이 아주 말끔하다.

2015년 10월 4일, 일요일 밤 8시 39분

여기는 중국 청도 이춘 근처에 있는 맥도날드다. 2014년 10월 이후 정확히 1년 만인 어제 이곳에 왔다. 오랜만에 온 나를 반기기라도 하듯 하늘마저 청명하다. 이번에는 비즈니스 목적이 아니라, 그냥 놀러 왔다. 올 때마다 반겨주는 균방이와 팡팡이 덕분에 주말을 잘 보냈다. 어제는 한인 타운 내에 있는 식당 '천태성'에 가서 짬뽕을 주문했다. 중국인인 균방이가 극찬을 하더니 맛이 과연 일품이었다. 부른 배의 기쁨을 한 층 더 쌓을 심산으로 요즘 중국에서 인기리에 상영 되고 있는 영화 〈하락특번뇌(夏洛特烦恼)〉를 봤다. 중국은 표준어인 '북경어'와 발음이 다른 소수민족을 배려해 텔레비전이나 영화 등에도 '중국어 자막'을 표기한다. 덕분에 영화를 볼 때 큰 무리가 없을 뿐더러, 외국인에게는 더 없는 학습의 장(場)이다.

그나저나 친구들과 저녁까지 잘 먹어놓고, 이렇게 혼자 맥도날드로 와 8위안(우리 돈 약 1,600원)짜리 치즈버거를 먹고 있다. 내일은 1년 전 일했던 사무실에 가서 모두와 만나겠지? 두근거린다. 하지만 며칠 후면 이 두근거림이 무색할 정도로 한국의 내 방에서 추억을 곱씹고 있을 테지. 야속한 세월이여.

아, 어젯밤 꿈속에는 한국에서 활발히 활동하고 있는 방송인 장위안 님이 나타나 내게 장미꽃을 내밀며 고백

했다. 그러면 무얼 하나. 꿈은 꿈인 것을. 이제 숙소로 가야겠다. 이곳에 오기 전에 팡팡이가 예약해 둔 곳인데, 세 평 남짓한 크기지만 따뜻하고 아늑하니 좋다.

고마워 팡팡!

메모 앱을 열고 타임머신에 오르면 그 어떤 영화나 드라마보다 생생하다. 다시 그 장소와 시간에 가 있는 느낌이다. 아마도 구체적으로 적었기 때문일 터다. 그날 날씨는 어땠는지, 어느 식당에서 어떤 메뉴를 골랐는지, 누구와 무슨 대화를 나눴는지 낱낱이 적혀 있다. 심지어 기억을 더욱더 또렷하게 해줄 사진까지 첨부되어 있으니 말해 무엇하랴.

이 습관은 긴 글을 쓸 때도, 메시지를 주고받을 때도 동일하다. 이미 손에 배어 꽤 구체적으로 쓴다. 글이든 메시지든 이 방식은 읽는 이의 궁금증을 미리 해결해준다. 무엇보다 뜬구름이 아닌, 명확한 설명으로 머릿속에 단번에 이미지화 할 수 있어 공감을 극대화한다. 글자 수가 길어져 번거로울 수 있지만, 이 역시 습관이 된 지 오래기에 괜찮다.

말하기를 할 때도 마찬가지다. 만약 누군가가 나에게 "좋아하는 영화가 뭐예요?"라고 물으면 단순히 "로맨스 영화요." 혹은 "영화 〈타이타닉〉이요."라고 말하는 대신

"영화 〈타이타닉〉을 좋아해요. 지금껏 10번은 더 봤네요. 2018년에는 20주년 기념으로 두 번째 재개봉을 했는데, 그때도 극장에서 관람했어요!"라고 하겠다. 이 대답으로 '타이타닉 덕후'임을 제대로 알리게 됨은 물론이다.

독자에게 공감을 주고, 살아있는 글을 전하고 싶다면 말이든 글이든 누가 묻지 않아도 구체적으로 표현해보는 연습부터 하자. 상대방이 재차 묻는 일이 없도록!

좋은 글을 쓰려면
나부터 잘하자

매해 책을 낼수록

좋은 글을 전하고 싶다

활자가 뿜어내는 기술을 넘어

독자의 영혼마저 고와지는 글

어둡고 찝찝한 글이 아닌

읽을수록 맑은 여운이 남는 글

머릿속 따스함이 몸 밖으로 나와

주변을 환히 비추는 글

이 모든 건
글쓴이가 바로 서야 가능하리라

그러니 나를 돌아보고 반성하며
어제보다 한 뼘 성장하는 오늘을 보내자

좋은 향이 나는 글을 세상에 뿌리려면
나부터 변해야 하니까

아이디어는
누워 있을 때 나온다

나는 새벽 6시 즈음에 눈을 뜬다. 새 나라의 어른이 참 부지런하다고? 이런. 한국어는 끝까지 청취해주시길! 눈만 껌벅거릴 뿐, 침대와 혼연일체는 오전 9시까지 계속된다. 허허. 두세 시간을 천장만 멀뚱멀뚱 쳐다보진 않는다. 이 시간은 하루 중에서 중대한 역할을 차지한다.

유튜브로 동기부여 영상을 보고 온라인 서점에서 책 구경도 하고 오글거리지만 녹색 창에 내 이름 석 자도 넣어본다. 물론, 밤새 나와 관련된 기사 한 편 떠올랐을 리 없다. 그저 습관이다.

무엇보다 인스타그램이나 각종 기삿거리를 보며 아이

디어를 부른다. 내가 부른다고 재깍 답하는 녀석은 아니지만, 가만히 있는 것보다 시각이든 청각이든 동원해 잠자고 있는 머릿속을 깨운다.

불현듯 아이디어가 날 찾으면, 재빨리 카카오톡 '나와의 채팅'에 적는다. 출판사 관계자와 독자의 마음을 사로잡을 책 콘셉트도 고민해야 하니 머릿속은 늘 분주하다. 최근에는 앞으로 내고 싶은 책 세 권의 주제를 잡았고 어떤 내용을 담을지 구체화해나가고 있다. 세 권의 아이디어는 모두 책상이 아닌, 침대 위에서 떠올렸다. 이러니 내가 생산적인 '눕눕(계속 누워 있는 모습)'을 택할 수밖에.

생각은 빠르게 머릿속을 관통하기에 그 순간 적지 않으면 날아가 버린다. 누워있을 때 떠오르는 모든 생각을 메모하는 이유다. 일어나서 서재로 간 뒤 컴퓨터를 켜고 의자에 앉아 한글 파일을 열 때까지 '방금 스친 생각 혹은 아이디어'는 나를 기다려주지 않으니까. 뭐, 개인의 성향마다 다를 것이다. 나는 이 방식이 좋다. 누워 있는 김에 블로그 포스팅까지 마쳤으니, 서재로 가서 퇴고해야겠다.

전지적 눕눕 시점

스마트폰 글꼴만 바꿨을 뿐인데

대부분의 자기계발서를 보면 우리가 흔히 알고 있는 이야기다. 이를테면 아침에 일어나자마자 잠자리를 정리해야 성공한다, 크게 성장하는 사람들에게는 모두 메모하는 습관이 있다, 글을 잘 쓰려면 책을 많이 읽고 많이 써야 한다 등. 이런 말들을 모르는 게 아니다. 알면서도 이런저런 핑계로 실천하지 않는 것이다.

그렇다면 행함의 영역에 닿기 위해서는 어떻게 해야 할까? 모든 일은 별것 아닌 듯해 보이는 '작은 변화'에서 시작된다고 나는 믿는다. '가장 높은 곳에 올라가려면 가장 낮은 곳부터 시작하라'라는 명언처럼.

며칠 전 스마트폰을 만지작거리다가 문뜩 글씨체를 바꾸고 싶었다. 무료 글꼴이 몇 개 없었지만, 그중 '나눔명조'가 눈에 들어왔다. 주로 진지한 이야기를 할 때 쓰이는 궁서체와 비슷해 스마트폰 글꼴로는 한 번도 사용한 적이 없었지만 적용해 보았다.

카카오톡에서 보이는 글씨체만 바뀌는 줄 알았더니 인스타그램, 블로그까지도 자동 적용이 되며 바뀌었다. 그런데…. 와, 이거 괜찮다! 책이나 문서 등에서 봐 온 글꼴이라 그런지 핸드폰으로 책을 읽고 쓰는 기분이다.

가뜩이나 지인들과 메시지를 주고받을 때 띄어쓰기와 맞춤법에 주의하는데, 글꼴마저 진지 모드인 나눔명조로 해놓으니 그리 안 하곤 못 배길 정도다. 인스타그램 역시 내 계정 외에 타인이 올린 피드를 볼 때도 책을 읽는 기분이다. 그래서인지 메시지를 보낼 때나 인스타그램에 글을 올릴 때 마음가짐까지 달라진다.

글쓰기 환경을 일부러 바꾸고 싶어서 한 행동은 아니었지만 꽤 쏠쏠한 자극이 되니 기꺼이 받아들이리!

벗과 나눈 카카오톡 대화 중

너 엄청성장했지
맞아 진짜
오후 6:20
사람이 진짜 성장해야하는듯해
오후 6:21
글쓰기 강의, 정말 몇 번 안 했는데...
그걸로 좀 더 성장한 기분이야
오후 6:21
나도 기분좋은게 작년이랑 다른 삶이
내게와서 좋당
오후 6:21
타인의 글을 읽고, 대화하고, 고치면서
더더욱
오후 6:21

이기주 작가님의 응원으로 마음 다잡기

『언어의 온도』, 『말의 품격』 등을 쓴 이기주 작가님의 글을 좋아한다. 그의 글을 만날 때마다 어쩜 이렇게 부드러울 수 있을까 싶다. 베스트셀러라고 해서 무조건 좋은 책이라 여기진 않지만, 책이 막 나왔을 때는 유명 작가도 아니었고 대형 출판사에서 나온 책도 아니며, TV나 영화에 등장한 미디어셀러도 아닌데 괜히 150만 부가 읽히진 않았으리라.

한 해 한 해 글을 쓰면서 통찰력을 키우고 싶은 마음이 내 안에서 자라서일까? 평범한 일상을 예사롭지 않게 바라보는 이기주 작가님의 시선이 부럽다.

그의 뛰어난 통찰력에 한두 번 놀란 게 아니다. 기자로서의 8년, 무명작가로서의 7년이 괜한 숫자가 아님을 증명한다. 긴 시간과 훈련이 필요할 테지만, 나 또한 쉽게 읽히면서도 깊이 있는 글을 쓰고 싶다.

2017년 가을, 이기주 작가님을 만날 기회가 있었다. 나의 첫 종이책이 출간된 지 반년이 지나던 때였다. '글 쓰는 삶'에 들어서면서 꼭 한번 만나고 싶은 선배님(?)이었는데, 그의 북 토크로 실현되었다. 아래는 당시 북 토크에서 이기주 작가님이 한 말이다.

- '진짜' 사랑은 내 시간을 내어주는 것이다. 위로의 본질 역시도.
- 내가 글을 쓰는 이유는 말을 아끼기 위함이다.
- '글쓰기'란 나를 알아가는 것, 나를 미워하지 않는 것, 나와 화해하는 것.
- 글을 잘 쓰는 것보다 어쩌면 '잘 사는 것'이 더 중요하지 않을까.

- 사람은 자신이 가진 그릇의 크기만큼 살아간다. 사랑하고, 도전하는 모든 것들에….
- 인생에 정답은 없다. 다만 생각이 있을 뿐이다.

그의 말은 글만큼 예쁘고 따스했다. 책 속 글귀처럼 오래 기억하고 싶은 말이 많아서 그중 몇 개를 스마트폰 메모 앱에 적었다. 특히 그의 신인(무명) 시절 이야기를 들을 땐 마치 지금의 나를 보는 것 같아 눈시울이 붉어졌지만 더불어 희망도 봤다. 한 시간의 북 토크가 끝나자마자 사인회로 이어졌다. 어떻게 얻은 기회인가! 가만히 있을 내가 아니다.

"작가님의 신인 때를 말씀하셨잖아요. 실은 제가…."라며 미리 준비한 내 책을 건넸다. 책을 받은 그가 놀라며,

"작가님이시네요? 제게도 사인해주세요."

(부끄러운 듯) "아, 이미 했어요. 하하."

(책장을 들추며) "꼭 읽어볼게요."

"정말 감사합니다!"

(내 사인과 메시지를 보며) "지니 작가님도 앞으로 사인 많이 하시겠네요?"

"아직 많이 부족해요. 이기주 작가님을 본받아 열심히 하려고요!"

"그럼 앞으로 더 잘 쓰시라고…."

그러고는 내가 가져간 그의 책 첫 장에 '이지니 작가님의 文香(문향)이 萬里(만 리)까지….'라는 글귀를 적어주셨다. 작가의 출발선에 서 있던 내게, 그 글귀는 큰 힘이 되어주었다. 이렇게 만났으니 기념사진은 필수다! 함께 사진을 찍으려 그의 책을 내 가슴 앞에 댔더니 "작가님 책도 같이!"라고 하며 내 책을 집어 들었다. 감히 그의 책과 나란히…. 작가님의 작은 행동조차 신인인 내게는 감동이었다.

아, 행복하다. 나 또한 이기주 작가님처럼 내 앞에 스치는 일상을 무시하지 않고 생각과 마음을 열어 펜을 잡겠노라 다짐하며 집으로 향했다. 언제가 될지는 모르지만, 다시 한번 만나길 희망하며.

"이기주 작가님, 감사합니다. 오늘 들려주신 이야기, 오래 기억하겠습니다."

글쓰기 동기부여에 가장 좋은 방법의 하나는, 먼저 그 길을 잘 걷고 있는 사람을 만나서 자극받기라고 생각한다. 영향력이 클수록 자극이 세다. 설령 멀찍이 떨어져서 그를 지켜본다고 해도 말이다.

가끔 글 쓸 기분이 가라앉을 때나 컴퓨터 자판에서 손을 놓고 더 눕고만 싶을 때면, 3년 전에 쓴 이기주 작가님과의 만남에 관한 메모와 사진을 다시 들추어 본다. 그럼 신기하게도 부지런히 읽고 쓰자는 생각에 자리에서 벌떡 일어나게 된다. 마음을 다잡는 데 효과가 아주 좋다.

다른 영역도 마찬가지다. 자신이 가고자 하는 길 위에 서 있는, 꼭 한번 만나고 싶은 누군가가 있다면 코로나19로 오프라인 만남이 쉽진 않지만 어떠한 방식을 사용하든 만나봤으면 좋겠다. 상대의 선한 자극 덕분에 길 위에서 내려오는 일은 없을 테니까.

나를 일으키는 힘

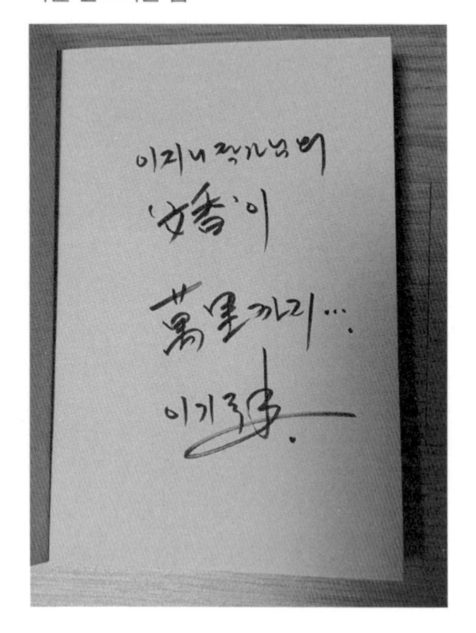

필력보다 영혼이 맑은 글이 좋아

작가라면 글을 잘 써야 한다. 이건 초등학생도 아는 사실이다. 그런데 잘 생각해 보라. 글만 잘 쓰면 끝인가? 일필휘지로 적은 기막힌 필력인데, 내용은 암울하고 슬프고 우울을 데려오며 분노를 일으킨다면 과연 좋은 글이라 할 수 있을까?

매일 SNS 바닷속을 헤엄치는데 자신이 당한 분노나 안 좋은 상황을 여과 없이 내보낸 글을 보면 가슴이 아프다. 물론 글은 솔직해야 옳다. 거짓이라면 적지 않는 게 낫다.

하지만 내가 말하고 싶은 건 진실 혹은 거짓에 관한 이야기가 아니다. 굳이 나의 악한 감정과 차오르는 분노를 노골적으로 드러내야만 하느냐다. 뭐든 정도가 지나치면

독이 된다.

게다가 글쓴이의 영향력이 크다면 문제는 더욱 심각해진다. 인스타그램 팔로워가 만 명이 넘는 어느 작가의 글이 그랬다. 실제 댓글을 보니 글쓴이와 마찬가지로 부정을, 분노를, 비난을 이어가고 있었다. 마치 유명인 또는 평소에 선망하던 대상이 자살하는 경우, 그 인물과 자신을 동일시해서 자살을 시도하는 현상을 뜻하는 '베르테르 효과'를 떠올리기에 충분했다. 글을 읽는 동안 마음이 어려워 얼른 그 피드를 빠져나왔다.

'내 공간인데 내 마음대로 못 쓰나! 심지어 난 유명인도 아닌데!'라고 한다면, 글쎄. 우리가 유명인은 아니지만 이미 세상 밖으로 나온 글이다. 누군가는 내 글을 읽는다. 원하든 원하지 않든, 읽는 이의 마음으로 스며든다.

긍정적인 사람일지라도 부정적인 친구를 곁에 두면 자신마저 어느새 부정으로 물들지 않나. 긍정적인 글보다 부정적인 글이 더 전염이 빠르다. 제아무리 밝은 사람이라도 그런 글을 만나면 표정부터 바뀔 수밖에 없다.

노래를 들으면 해당 가사에 따라 감정이 달라진다. 기쁜 노래를 들으면 하늘을 날아오를 듯한 기분이고, 우울한 노래를 들으면 잔잔했던 심장 박동이 빨라지면서 울적해진다. 이건 모두 경험했을 터다. 글도 마찬가지다.

눈으로 빠르게 읽든 소리 내어 읽든 활자를 지날 때마다 마음 곁으로 들어선다. 내가 마음의 문을 열지 않았다 해도 읽는 순간 자동문이 된다.

어깨에 힘이 풀리고 인생의 전환기를 만나고 싶고 동기부여를 얻고 싶을 때 우리는 자기계발서를 찾는다. 내 상황을 누군가 이해해주길 바라고 위로와 격려를 얻고 싶을 때 우리는 힐링 에세이를 찾는다. 이렇듯 글은 삶에 영향을 끼친다.

유명인과 그렇지 않은 이의 차이는 영향력의 '크기'일 뿐이다. 우리가 매일 SNS에 올리는 글이나 그림, 사진이나 일상 등이 누군가에게 영향을 주고 있는 건 같다. 그래서인지 메일이나 댓글을 받으면 상대에게 도움이 될진 모르지만 되도록 정성을 담아 쓴다. 파이팅도 잊지 않는다.

훗날 정말로 바빠진다면 글자 수야 줄어들 수 있지만, 내 작은 행동이 누군가의 성장은 물론 영혼에까지 영향을 끼친다고 생각하면 결코 그냥 지나칠 수 없다.

말이 주는 상처가 가장 아프다. 말은 당신을 드러낸다. 필요한 말을 제때하고, 후회할 말을 덜 하고 살았으면 좋겠다. 말 때문에 사람을 잃어버리지 않았으면 좋겠다. 말로 한 명이라도 더 살리고 키워낼 수 있으면 좋겠다. 당신의 말은 당신이 없는 순간에도 사람들의 마음속을 떠다닌다. 그러니 진정한 말의 주인으로 살아가기를. 무엇보다도 당신의 일상이 말 때문에 외로워지지 않기를 진심으로 바란다.

- 김윤나, 『말 그릇』

글도 마찬가지다. 하여 글을 쓰려는 사람이라면 영혼이 맑았으면 좋겠다. 필력을 높이는 것도 중요하지만, 이전에 자신을 다듬는 시간을 가졌으면 좋겠다.

이미 멋들어진 글을 쓸 수 있는 실력이 있으며 아무도 흉내 낼 수 없는 필력을 소유했다면, 그 재능으로 선한 영향력의 불씨를 밝히면 좋겠다. 분명 많은 이를 살릴 수 있을 테니까.

어떤 일이 잘 안되거나 당신을 힘들게 하는 일이 생기는 것은

당신에게 괴로움을 주고 포기하게 만들기 위해서 발생하는 것이

아니다. 오히려, 기존의 당신을 버리고 당신이 원하는

새로운 당신을 만들어 주기 위해서 발생하는 것이다.

- 찰리 존스 -

4장

무명작가지만 잘 먹고 잘삽니다

500명 앞에서 강연한 그 날을 어찌 잊으리

에세이 『아무도 널 탓하지 않아』가 출간되고 얼마 지나지 않았을 무렵, 경인방송 라디오 '임희정의 고백 라디오' 특집 공개방송에 초청됐다. 경기도에 있는 모 중학교에서 전교생을 대상으로 강연하기 위해서다.

정확히 말하면 그날의 주인공은 하상욱 시인이었는데 앞에 10분 정도 이야기해줄 (방청하러 방송국에 가면 바람잡이 같은 존재?) 사람으로 초청된 거다. 어쨌든 무명인 내게는 참으로 감사한 일이었다. 게다가 출연료도 준다고 하니 거절할 이유는 없었다.

문제는 500여 명이 넘는 아이들 앞에서 강연해야 한다는 사실이었다. 강연을 앞두고 엄청나게 떨었던 기억이 난다. 살면서 느끼는 수많은 감정 중 이 떨림이라는 감정은, 정말이지 피할 수 있다면 피하고 싶다. 더군다나 병원에서 진단을 받은 적 없지만 '무대 공포증'이 있다. 무대에 올라가기 직전에는 알래스카가 울고 갈 정도로 손가락이 차가워지고 고구마를 구워 먹을 정도로 귀가 빨개진다.

그런데 더욱더 기막힌 건, 무대 위로 오르는 순간 나름대로 당당한 여자로 변신한다. 마음속으로는 떨어도 겉으로 잘 드러나지 않는다고나 할까?

지금껏 내가 겪은 일 중 가장 큰 떨림은 2005년 초겨울, 'KBS 개그맨 선발대회'를 앞둔 날이었다. 솔직히 안 되면 그만(결코 한방에 붙는다고 생각하지 않았기에)이라 여겼다.

내가 4살 때 당시 개그우먼 김보화의 "일단~은~"이라는 유행어를 꽤 잘 흉내 내면서 동네 아주머니들의 사랑을 많이 받았다. 중학생 때는 친한 친구 몇 명을 학교 옥상으로 데려가 미니 개그 콘서트를 선보이며 친구들의 배꼽을 가

만두지 않았다. 아쉽게도 요즘은 그 좋던 개그감이 다 어디로 갔는지 좀처럼 찾아보기 어렵지만 말이다.

이런 나의 화려한 과거(?) 덕분에 부모님의 오랜 소원과 교수님의 권유로 울며 겨자 먹기로 지원하게 된 것이다. 그래도 설렁설렁할 수 없으니 며칠 동안 방문을 잠그고 나름대로 열심히 준비했다.

시험 날, 수십 번의 심호흡은 물론 생전 찾지도 않은 청심환을 목구멍으로 넘기기까지 했다. 그렇게 하지 않으면 내 목숨이 위태로울 것 같았으니까. 두어 시간 후, 개그맨 유세윤이 나를 호명했고 다시는 기억하고 싶지 않을 추태의 끼를 발산했다. 결과는 어땠을까? 간절함과 절박함이 있어도 시원찮은데 당연히 떨어졌다.

취업하려 면접을 볼 때도 떨림이란 녀석은 늘 내 옆에 있었다. 지금은 프리랜서 작가로 활동하니 녀석에게서 어느 정도 해방됐다고 생각했다. 그러나… 글을 쓰니 녀석과 마주하는 날이 부쩍 늘었다. 책이 출간되면 북 콘서트와 강연이 따라오고 가끔은 매체 출연까지 연결되니 떨림과는 떼려야 뗄 수 없는 사이가 되었다.

"본인이 원하지 않으면 안 하면 되잖아. 그냥 글만 쓰면 되지 뭔 걱정을 해?"라고 말하고 싶은가? 그런데 참 웃긴 게, 내가 원하는(?) 떨림은 또 괜찮다. 누가 시켜서 하는 거 말고, 울며 겨자 먹기로 해야 하는 거 말고, 오롯이 내가 원하는 것, 반드시 해야만 하는 것은 괜찮다. 그 안에서 파생된 떨림은 즐기진 못해도 피하고 싶진 않다.

드디어 강연 당일!

그날 오전, 온 세상을 덮은 하얀 눈 덕분에(?) 30분이면 닿을 그곳을 1시간 40분 만에 도착했다. 다행히 늦지는 않았다. 전교생 앞에 서기는 처음이라 드넓은 강당을 보니 다리에 힘이 빠졌다. 입안에 있는 침은 점점 말라 사막으로 변했다. 다행히 사회자의 능숙한 진행에 힘입어 무사히 마칠 수 있었다. 무엇보다 아이들의 호응이 뜨거워 얼마나 고맙던지. 내가 만난 수많은 실패를 나열하며 열변을 토했다.

그중 몇 마디를 적어본다.

"글쓰기는 재능이 있으면 좋지만, 노력으로도 얼마든지 가능해요. 그러나 경험이 없다면 속 빈 강정이죠. 내게 서른다섯 번의 실패가 없었다면, 그 실패로 지혜와 깨달음을 얻지 못했다면 책을 쓸 수 없었을 거예요. 여러분 앞에 서 있지도 못했겠죠. 남들보다 실패를 많이 했다는 건 부끄러운 일이 아니에요. 다시 일어서지 못하고 주저앉는 게 문제죠. 우리는 오뚝이 정신을 발휘해야 해요. 오늘 전한 이야기가 짧아서 아쉽지만, 여러분 마음에 잘 닿았으면 좋겠어요. 무슨 말인지 전부 이해하지 않아도 괜찮아요. 훗날, 불현듯 오늘의 말이 뇌리에 스칠 때, 그 기억으로 청춘을 건넌다면 더 바랄 게 없어요."

떨면서도 10분 동안 하고 싶은 말은 다 했으니 됐다. 내 생애 처음으로 큰 무대였다. 앞으로 이런 기회가 잦을 텐데(어디든 불러만 주세요, 열심히 할게요) 귀한 경험을 했기에 뿌듯하고 감사하다.

아래 글귀를 다시금 새기며 새털처럼 가벼운 마음으로 집으로 향했다.

못났다고 외로워하지도 마세요. 모든 인간은 다 못났고 완벽하게 불완전하니까. 존경하는 교수님, 부모님들도 지키지 못하는 약속이 수두룩하고, 결심했다가 깨기를 반복하는 '사람'입니다. 자꾸 실수하고 조금 모자란 것 같아도 본인을 믿으세요. 실수했다고 포기하지 마시고, 돈오(頓悟)한 다음 점수(漸修)하면 됩니다. 그러면 인생의 새로운 문이 열리게 되어 있습니다.

- 박웅현, 『여덟 단어』

첫 강사 계약서에 사인하며

2015년 겨울, 내 이름으로 된 첫 전자책 『간체자랑 번체자랑 중국어 명언집』이 출간됐다. 계약서에 사인한 건 그해 6월이다. 이후 두 권의 전자책을 더 냈고, 2017년 초에는 생애 첫 종이책인 『꽂히는 글쓰기의 잔기술』의 출간 계약서를 받았다.

시간은 잘도 흘러 2020년 가을로 나를 데려가, '강사 계약서'에 사인하게 했다. 십수 년 동안 방송작가를 꿈꿨고, 이후엔 그저 흐르는 대로, 마음이 가는 대로, 하고 싶은 대로, 눈 앞에 펼쳐진 대로 배우고 일했다. 6년 전만 해도 내가 책을 쓰며 글쓰기를 가르치게 되리라곤 단 한 번도 생각해 본 적이 없다.

중국어와 사랑에 빠져 있을 때 학생과 성인을 대상으로 회화를 가르친 적이 있다. 나 스스로는 중국어를 잘 알고 잘한다 여겼는데 입 밖으로 내뱉어 중국어에 관한 지식을 전달하는 일은 당시의 내게 너무나도 힘들었다. 분명 쉬운 내용인데 설명이 뜻대로 안 됐다.

이때의 경험으로 가르치는 건 완전히 다른 영역임을 여실히 깨닫고 손을 뗐었다. 이런 내가 또다시 무언가를 가르치고 있다니. 그것도 울며 겨자 먹기식이 아닌, 설렘을 안고 행복하게…. 말이 되나? 나도 신기하다.

글쓰기 강의를 하는 요즘, 중국어 회화를 가르치던 때와 달라진 게 있다면 가르치는 내가 오히려 더 많이 배우고 있다.

그래, 이제야 깨달았다. 중국어 회화를 나름대로 잘한다 생각했고 내가 잘하면 당연히 잘 가르칠 수 있다고 착각했었다. 그러다 보니 다양한 책이나 영상으로 중국어 가르치는 방법을 더 배우고 채울 생각을 하지 않았다. 그저 머릿속에 있는 지식만으로 가르치려고 했다.

내가 '알고만 있는 것'과 '아는 것을 누군가에게 전달하는 것'은 날달걀과 삶은 달걀처럼 엄연히 다르다. 머릿속으로 잘 알고 있는 내용이라고 해도 듣는 이가 알아듣기 쉽게 설명해야 함은 물론, 강사는 수강생 개개인 안에 있는 잠재된 능력을 끄집어내는 역할도 해야 한다.

그래서인지 글을 쓸 때 보다 강의를 준비할 때 더욱 힘을 기울이게 된다. 하나라도 더 알려드리고 싶고, 유치하지 않으면서 재미있게 지식과 노하우를 전달하고 싶다. 수강자분들의 귀한 시간에 흠이 되지 않았으면 좋겠다는 생각으로 가득하다. 첫 숟가락에 배부를 수는 없지만 엉성하게 할 생각은 추호도 없다.

나는 글쓰기 강의 세계에 이제 막 발을 담근 햇병아리다. 수업 전에는 항상 강의 자료를 수정하고 또 수정한다. 강의를 할 때마다 만든 자료의 내용이 부족해 보여서다.

물론, 앞으로도 계속 수정되고 보완될 예정이다. 그만큼 잘하고 싶고 수강생이 배우는 보람을 느끼도록 하나라도 더 도움이 되는 내용을 강의와 자료를 통해 전달하고 싶다.

글쓰기를 가르치는 데 필요한 지식도 더 배우고 익혀야만 한다. 글쓰기 책을 또 구매했다. 강의를 위한 공부지만 결국 다 내 글쓰기 실력에 보탬이 될 것이다.

강사 계약서에 사인했던 그 순간, 지금껏 나를 스친 모든 일에 감사하며 부지런히 최선을 다해 살겠노라 다시금 내 마음에 선포했다. 처음으로 돈이 아닌 사명을 좇은 길, 역시 포기하지 않길 잘했다. 아무것도 아닌 내가 글 하나로 많은 기회를 얻고 있다. 감사한 마음만이 가득하다.

혼자서 글만 쓰다가 누군가를 가르치려니 새로운 느낌에 약간 들뜬 기분도 든다. 마치 '배스킨라빈스 31' 아이스크림은 무조건 '아몬드봉봉'만 먹는 내가, 무슨 바람이 들어 다른 맛을 고른 기분이랄까.

통장 잔액은 여전히 초라하지만, 가야 할 길이 있고 해야 할 일이 있는 지금이 그 어느 때 보다 행복하다.

생애 첫 강사 계약서

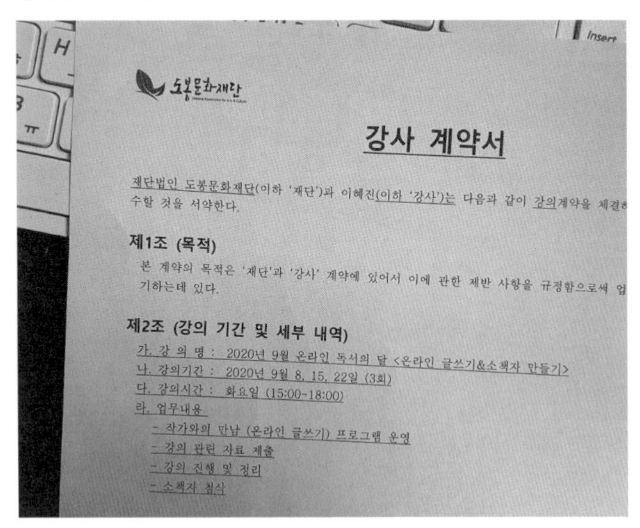

도봉문화재단

강사 계약서

재단법인 도봉문화재단(이하 '재단')과 이혜진(이하 '강사')는 다음과 같이 강의계약을 체결하
수할 것을 서약한다.

제1조 (목적)

본 계약의 목적은 '재단'과 '강사' 계약에 있어서 이에 관한 제반 사항을 규정함으로써 업
기하는데 있다.

제2조 (강의 기간 및 세부 내역)

가. 강 의 명 : 2020년 9월 온라인 독서의 달 <온라인 글쓰기&소책자 만들기>
나. 강의기간 : 2020년 9월 8, 15, 22일 (3회)
다. 강의시간 : 화요일 (15:00-18:00)
라. 업무내용
- 작가와의 만남 (온라인 글쓰기) 프로그램 운영
- 강의 관련 자료 제출
- 강의 진행 및 정리
- 소책자 첨삭

봇물 터진 러브콜

서프라이즈는 그 말에 걸맞게 내가 생각하지도 않은 때에 문을 두드린다. 여느 때와 다름없이 메일함을 열었는데 메일 한 통이 와 있었다.

"안녕하세요. 인천에 있는 ○○도서관 행사 담당자 ○○○입니다. 작가님의 블로그를 보고 글쓰기 강의를 진행하고 싶어 연락드립니다."

2020년 초여름(6월)은 생애 첫 글쓰기 강의 제안을 받은, 내게는 기념비적인 계절이 되었다. 나는 이 감격스러운 소식을 온갖 SNS에 올리며 강의 준비 태세에 들어갔다.

당시는 수업하려면 한 달이나 남은 때였지만 미리 알려

야 다른 마음 안 먹고 수업 준비에 집중할 수 있을 것 같아서였다. 다른 데도 아니고 도서관에서 온 러브콜이라 두세 배로 기뻤다. 그런데 세상에…. 감사의 미소가 채 가시기도 전에 두 번째 강의 제안을 받았다.

메일을 열고 내용을 읽는데 나도 모르게 정신을 놓은 사람처럼 한참을 웃었다. 결과를 떠나 놀람과 감사가 뒤섞여 이성의 고삐를 놓은 거다. 서울에 있는 한 도서관의 수업 의뢰였다. 첫 강의 제안은 성인을 대상으로 한 글쓰기 수업이었고 이곳은 초등학생 대상 수업이었다.

혹자는 '겨우 두 군데 수업 제안에 엄청 유난을 떨었네!'라며 핀잔을 줄지도 모른다. 하지만 나의 지난 시간을 안다면 그런 말 쉽게 못 할 거다. 나에게는 얼마나 대단하고 감사한 사건이었는지 모른다. 더군다나 두 번째 강의 제안이 왔을 때는 실업 급여 수급이 곧 끝나는 시점이어서 기막힌 타이밍에 더 감사한 마음뿐이었다. (감사의 눈물 좀 닦고 갈게요)

문뜩 3년 전 일이 떠올랐다. 첫 책 『꽂히는 글쓰기의 잔기술』을 출간하고 얼마 안 됐을 무렵, 한 온라인 교육 업체에서 글쓰기 강의를 제안했다. 신인인 내게는 그야말로 하늘이 준 기회였다. 지금 같으면 넙죽 절이라도 하며 당장 하겠다고 했겠지만, 당시의 나는 감사함보다 두려움이 컸고 자신도 전혀 없었다.

'한 번도 해 본 적 없는데, 내가 할 수 있을까?'

'강의하다가 버벅거리면 어떡하지?'

아직 일어나지도 않은 일에 몇 날 며칠을 끙끙댔다. 마치 사랑하는 사람에게 버림받은 비련의 여주인공처럼 끼니도 거른 채 방 한구석에 앉아서 걱정과 고민을 반복했다. 그러고는 거절이라는 최후를 택했다. '난 작가로서 잘 될 거야. 가르침에는 재능이 없다고!'라는 생각으로만 머릿속이 가득했었다.

이후에 후회하지 않았다고 하면 거짓말일 터다. 좋은 기회를 내 발로 찼다는 죄책감에 고개마저 숙이는 날이 적잖았음을 고백한다.

만약 3년 전 처음으로 글쓰기 강의 제안을 받았던 때부터 용기를 내어 시작했더라면 아마 지금쯤 조금은 더 편안한 마음과 보완된 커리큘럼으로 수강생을 만날 수 있었으리라는 생각도 든다.

이제 다시는 후회하고 싶지 않다. 처음부터 잘하는 사람이 세상에 어디 있으랴. 도전이 마냥 반갑기만 한 손님은 아니지만 일단 첫발을 내디딘다면 다음 스텝은 그리 두렵진 않을 거라는 생각이 들었다.

첫 번째로 제안 온 강의의 담당자와 몇 번의 교류를 마친 뒤 수업을 진행하기로 했다. 이제 뒤로 물러설 수 없다. 반드시 해야만 했다. 내 안에 더 이상의 두려움은 없다.

3년 동안 무슨 바람이 불었는지는 나도 잘 모르겠다. 지금은 글쓰기 강의라는 단어에 부담보다는 감사함이 더 크다. 이래서 인생은 타이밍이라고 하나? 그러니 어떤 일이든 억지로 할 이유도 없고 지금이 아니라고 해서 서운해할 필요도 없다. 시간의 흐름 속에 나를 맡길 때, 마음과 머리가 맞닿는 날 자연스레 새로운 가능성의 문이 열리기 마련일 테니.

사실 처음에 강의 제안을 받고는 '글 쓰는 방송인이 되고 싶었는데 이 강의 제안을 받아들이면 영영 방송국 문턱도 못 가는 거 아닐까'라는 오만방자하고 단순하며 어리석은 생각을 했었다.

당장 내일 일어날 일도 모르는 게 인생인데 앞날을 어찌 장담할 수 있을까. 점과 점이 만나 하나의 선을 이루듯 글쓰기 강의의 시작이 앞으로 어떤 삶으로 연결될지는 아무도 모를 일이다.

중요한 건 내 운명에 글쓰기 강의가 들어왔다는 점이었다. 물론 집필도 꾸준히 할 생각이다. 누가 뭐라 해도 나는 글을 쓰는 사람이니까.

강의는 수강생이 누구냐에 따라 글쓰기 주제나 내용이 달라서 준비해야 할 일이 많다. 가뜩이나 살 책이 없어도 매주 찾는 서점을 글쓰기 강의를 시작한 뒤로는 더 자주 방문한다.

강연에 도움이 되는 책을 만날 수 있다는 기대감에 항상 가던 서점 나들이가 더 설렌다.

최선을 다해 강의를 준비하자!

수학 8점 받은 내가 글쓰기 강의를?

한 주에 서너 번은 친정에 가서 점심을 해결한다. 누가 "엄마한테 딸은 꼭 있어야 해!"라고 했던가. 나 같은 딸 하나만 더 있어도 친정집 거덜 내는 건 시간문제다. (다행히(?) 언니는 멀리 살아서 자주 못 온다) 걸어서 7분 거리라 차도녀(차 없는 도시 여자)인 나는 감사하지 않을 수 없다.

그날은 엄마에게 '도서관 글쓰기 강의' 제안을 자랑하고 싶었다. 바로 말하면 재미없기에, 이 말이 먼저 나왔다.

"엄마, 나 학교 다닐 때 공부 지지리도 못했던 거 알지?"

"그래? 난 너 잘한 줄 알았는데?"

세상에. 피가 물보다 진하다는 말이 무색하다. 막내딸 수

준을 새까맣게 잊고 계시다니. 어차피 지난 일이니 말이 나온 김에 나는 더욱 거침없이 늘어놓았다.

“무슨 소리야! 국어랑 한문을 제외하고는 눈 뜨고 못 봐줄 정도였는데. 수학은 4점짜리 두 개 맞아서 8점인 적도 있었어. 한 번호로만 찍어도 20점은 넘었을 텐데. 하하.”

“아이고, 그래 자랑이다.”

어릴 적 실력(?)을 몰라주는 엄마에게 피부에 와닿도록 상세한 설명을 이어갔다.

“성적표에 엄마 몰래 도장도 찍고 엄마 글씨체 흉내 낸답시고 ‘부모님 말씀’에 글도 대신 적었지! 심지어 고등학교 1학년 첫 시험 후에 담임 선생님이 따로 남으라고 하시길래 왜 그런가 했더니, 꼴등부터 뒤에서 다섯 명을 부르신 거야. 소위 ‘날라리’ 애들만 있는 틈에 나름 얌전한 내가 껴 있길래 이상하다고 생각했는데. 성적순이었어.”

“세상에, 어지간히 못 했구나…. 난 그런 줄도 몰랐네.”

“그런 내가 이번에 글쓰기 강의 제안을 받았다는 사실!”

영화 〈식스 센스〉의 반전이 내게 명함을 내밀 수 있을까? 꿈이야 생시냐를 논하기도 전에, 다시 한번 진실과 마주하고픈 엄마는 "뭐라고?", "네가?", "정말?"이라는 말만 다람쥐 쳇바퀴 돌 듯 뱉어냈다.

"널 보며 느끼지만, 정말 사람 인생은 하늘 외엔 아무도 모르는 것 같아. 너를 가르치던 선생님들이 아시면 깜짝 놀라시겠다!"

은근슬쩍 딸이 자랑스러우신 모양이다. 엄마 말처럼 학창 시절의 나는 부모님 외에 어떤 스승의 기대도 받은 적이 없다. 공부를 잘하지도, 잘 놀지도 못했으니까. 그야말로 대단히 조용하고 튀지 않는 아이가 나였다. 이런 내가 감히 누군가를 가르치다니. 도서관에서 강의하게 되다니. 누군가에게는 별일 아닐 수 있지만 내게는 램프의 요정 지니의 도움이 온 것처럼 놀라운 일이다.

나의 과거 때문인지 학업성적에 왈가불가하는 학부모를 보면 마음이 안 좋다. 공부도 노력이 필요하지만 분명 재능의 한 부분인 것을. 무조건 "공부, 공부!"할 게 아니라, 아이가 정말로 좋아하고 잘하는 걸 찾도록 돕는 게 부모의

참된 역할이 아닐까 싶다.

새삼 '네 멋대로 해라' 식의 부모님 교육에 감사를 느낀다. 초등학교 1학년 때부터 준비물, 과제 하나 신경 쓰지 않으셨다. 혹자는 '그것은 무관심이야!'라고 여기겠지만 아니, 자립심을 키워주신 것이다. 수없이 실패하고 넘어져도 내가 하고픈 길에 단 한 번도 반대하지 않으셨던 나의 부모님. 스스로 느끼고 깨달아야 진짜 값진 경험이고 인생임을 알려주신 두 분이다.

황금같이 찾아온 글쓰기 수업의 기회를 제대로 살려보자고 다짐했다. 그리고 이 기회를 발판으로 개인적으로 글쓰기 수업을 시작할 결심도 하게 되었다.

도서관 사서님의 말 한마디에 울컥하다

어느 날, 아무 생각 없이 블로그 댓글을 확인하다가 서울에 있는 모 도서관 사서님이 남긴 메시지에 정신이 번쩍 들었다.

가을에 진행할 '어린이 글쓰기' 강의 요청을 하려던 중에 내가 쓴 '성인 글쓰기에 몰입하겠다'라는 글을 보았다며, 모시고 싶었는데 연이 닿지 못한 아쉬움을 댓글로 남기셨다. 더불어 늘 따뜻한 글에 감사하다고, 즐거운 마음으로 응원하겠다는 말도 잊지 않으셨다. 글쓰기 제안이 아닌 듯하면서도 제안 같은 글로 나는 느꼈다.

물론 성인 글쓰기 강의가 내가 나아갈 목표라고 말한 바

있지만, 어린이를 가르치는 게 싫다는 의미는 아니었다.

한 번도 경험한 적 없으면서 어찌 단번에 싫다고 말할 수 있나. 지난번 서울 중구의 ○○도서관 어린이 글쓰기 수업 제안에 응하지 않은 이유는 '경력'이 없기에 그랬다. 하지 않은 게 아니라 하지 못했다. 어차피 경력이 없어 못 할 바엔 내가 좀 더 관심 있는 분야인 성인 글쓰기에 집중하는 게 낫다고 여겼다.

그런데 이런 조심스러운 메시지를 받으니 감사하면서도 생각이 깊어졌다. 하지만 결정은 빨랐다. 애초에 싫어서 안 하겠다고 다짐한 일이 아니니, 도전을 무서워할 이유는 없었다. 혹여나 내 마음이 변할까 무서워 얼른 댓글을 남겼다. 어린이 글쓰기 강의 역시 도전하고 싶었지만, 다른 도서관에서는 경력을 바랐기에 진행할 수 없었다고. 혹시라도 경력과 무관하다면 언제든지 불러 달라고.

다음 날, 사서님에게서 메일이 왔다. 내 댓글에 한참을 고민하다 메일을 보냈다고 했다. "작가님만 괜찮으시면 경력과 관계없이 강의를 요청하고 싶습니다"라는 내용이었다. 그리고….

"누구나 처음일 때가 있기 마련이고 우여곡절은 늘 있으니까요. 저 또한 작년에 임용된 초보 사서입니다. 그보다 블로그에 써주신 따뜻하고 진실한 문장들이 제겐 훨씬 더 섭외의 동기가 되었습니다."

'아, 이 말이 앞으로 나의 10년을 일으키겠구나.'

말의 힘을 누구보다 많이 믿지만, 그래서 타인에게 힘이 되는 말을 하려고 노력하지만, 직접 그 말을 받으니 장난이 아니었다.

만남이나 전화보다는 주로 '메일이나 메시지'로 일감을 얻는다. 상대의 표정이나 말투를 잘 알 수 없고 오롯이 글로만 대해야 하니 더욱 조심스럽다. 그런데 이 글은 온라인의 예의를 넘어 나를 구름 위로 두둥실 떠 오르게 했다. 단 세 문장의 힘이 어떤 위로나 격려보다 맘속 깊은 곳에 진하게 자리 잡았다.

아직 어린이 글쓰기 강의로는 검증(?)되지 않은 나를 불러주시는 만큼 제대로 준비하고픈 욕심이 생겼다. 사서님의 말처럼 누구나 처음일 때가 있지 않은가. 그 기회를 계기로 나는 어린이 글쓰기 강의라는 '출발선'을 넘을 수 있게 됐고, 앞으로 이어질 제안에도 자신 있게 응할 힘이 생겼다.

경력이 없어 처음에는 두려웠다. 하지만 나의 처음을 받아주고 믿어준 이들을 위해서라면 두려움 대신 용기를 꺼낼 수 있었다. 도서관 사서님의 따듯한 말 한마디로 내일을 준비할 힘이 생겨 감사했다. 격려도 칭찬과 같아서 상대를 춤추게 한다.

완벽한 때란 없으니 일단 시작합니다

마음속에 무언가 들어오면 오래 생각하지 않고 '실행'하는 나. 머리 싸매고 있을 시간에 설령 실패할지라도 한 발 움직인다. 하지만 내 발을 잡는 유일한 녀석이 있었다.

바로 '글쓰기 수업'이다. 녀석 앞에만 서면 간이 콩알만 해지고 모른 척하고 싶었다. 원인은 두려움이었다.

'내가 무슨 수업을 진행해….'

'글쓰기 수업은 아무나 하나?'

'책이나 쓰면 되지, 왜 일을 벌여?'

'설명은 제대로 하겠어?'

두려움은 이내 부정을 데려와 나를 더 힘들게 했다.

그래서 앞서도 언급했지만 3년 전 첫 종이책을 출간하고 글쓰기 강의 기회가 내 앞에 왔음에도 거절할 수밖에 없었다. 날 찾아온 녀석을 박대한 거다. 그러면서 독자에게는 '움직이세요', '실행이 중요해요', '한 걸음의 힘을 믿으세요'라고 했다니. 내가 생각해도 우습다.

그러고는 3년의 세월이 흘러 다시 기회가 왔다. 블로그를 재정비하면서 일어난 일이다. 그사이 세 권의 책이 더 나왔다. 두려움을 핑계로 나 몰라라 하고 싶지 않았다. 오히려 코로나19 시대에 찾아온 천사라 여겼다. 그리고 움직였다.

막상 첫 수업을 하고 나니 이런 생각이 들었다.

'아, 괜히 겁먹었었구나. 내 인생 첫 온라인 글쓰기 수업이 이렇게 즐겁고 감사하고 뿌듯하고 행복하다니! 3년 전, 그 좋은 기회를 왜 뿌리쳤을까?'

두려움은 최대의 적이다. 내 길을 막는 나쁜 아이다. 기쁨이 아닌 걱정을, 감사가 아닌 불만을, 실행이 아닌 포기를 내뿜게 하니까. 내게 1원어치의 득도 없다. 3년 전으로 돌아간다고 해도 같은 결정을 했을지 모르지만, 지금이라도 강의에 대한 두려움을 벗어 얼마나 다행인지 모른다.

더 완벽한 때, 내가 준비됐을 때, 그때 기회를 잡겠다고? 내가 원하는 때에 기회가 올 거라 장담할 수 있을까? 100% 완벽한 때란 없으니 일단 시작하라고 말하고 싶다.

시작해야 수정하고 보완할 부분이 보인다. 그리고 더 나은 내가 되기 위해 노력하게 된다. 실패하면 어떤가. 실패의 다른 이름이 '또 다른 기회'라고 하니, 그 경험으로 새로운 문이 열릴 것이다.

이제 나는 재고 따지는 시간에 움직이련다.

어느 교수님이 이런 말을 했다. 할까, 말까? 망설여지면 하라고. 그 일이 나와 타인을 해치지 않는다면 하란다. 그래서 나는 시작한다. 도서관 글쓰기 수업을 넘어 내가 개인적으로 하는 글쓰기 수업도 시작했다.

곧 출간될 책 준비, 도서관 수업 준비, 개인 글쓰기 수업 준비, 책 쓰기 특강 준비, 책 읽기 등으로 바쁜 하루를 보내고 있지만 누가 시킨 일이 아닌, 오롯이 내가 좋아서, 더 잘하고 싶어서 하니 즐겁고 감사한 마음이다. 어느 때 보다 행복하다. 텔레비전 예능 프로그램 시청을 즐기지만 그 시간조차 아까운 요즘이다. 더 잘하고 싶은 일에 시간을 쓰고 싶다.

두려움 앞에 망설이는가? 그럼에도 움직였으면 좋겠다. 움직여야 다음을 볼 수 있다. 실패를 두려워하지 않는 우리가 됐으면 한다. 설령 결과가 썩 좋지 않더라도 그건 실패가 아닌 또 다른 기회를 얻은 것임을 믿어보자. 아래 '롭 무어'의 말처럼….

> 완벽주의는 저주가 될 수도 있고, 실패에 대한 두려움과 판단 대상이 되는 두려움을 피하고 자존감을 지켜주는 장막이 될 수도 있다. 그것보다 탁월해지기 위해 노력하라. 지금 시작하고, 나중에 완벽해져라.
>
> \- 롭 무어, 『결단』

글쓰기 수업,
네 생각에 두근두근

첫 글쓰기 수업이 있던 날, 밤 12시가 넘어서까지 강의자료를 작성하고 시간을 맞추며 연습에 또 연습했다. 한 회당 한 시간 수업이라 시간 분배에 더욱 신경 썼다. 결국 새벽 1시가 훌쩍 넘어서야 잠자리에 들 수 있었다. 코로나19로 온라인으로 진행해야 했지만, 긴장과 설렘은 오프라인과 별반 다르지 않다.

자려고 누웠지만 쉽게 잠이 오지 않았다. 몇 시간 후에 진행될 수업 생각이 온몸으로 퍼졌기 때문이다. (학창 시절에 이렇게 열심히 공부했다면, 수학 8점은 면했으리라)

수업 시작이 10시라 9시 반까지만 도서관에 도착하면

되지만, 첫날이기도 하고 긴장도 풀고 싶어 일찍 출발했다. 도서관 문 앞에 도착하니 정확히 오전 9시! 완벽한 시간이다. 4층으로 가니 담당자가 있었다. 내 컴퓨터만 켜놓으면 될 만큼 모든 준비를 다 해놓았다.

온라인 화상 회의 도구인 '줌(Zoom)'을 이용한 수업 준비를 했다. 9시 45분부터 수강생이 한 명 한 명 입장하기 시작했다. 모집 정원보다 많은 인원이 신청했다고 하니 감사할 따름이다. 게다가 수업 내내 초롱초롱한 눈빛으로 응해주시고 고개를 끄덕끄덕하며 내게 힘을 더해주셨다. 오프라인 수업이었다면 서로가 쓴 글을 읽으며 좀 더 자유롭게 소통했을 텐데 그럴 수 없음이 가장 아쉬웠다.

예전에 중국어를 가르칠 때도 느꼈지만, 강사도 역시 강의를 통해 수강생만큼 아니, 더 많이 배운다. 수업을 준비하면서 배우고 수업 도중에 배우며 수강생의 자세에서 또 배우니 말이다. 매일 새벽마다 우유를 마시는 사람보다 그 우유를 배달하는 사람이 더 건강하다는 말이 있다. 누군가를 위한 수업이지만 가르치는 사람이 가장 많이 배운다.

수업 후 몇몇 수강생이 내 블로그에 쪽지를, 인스타그램에 댓글을 남겼다. 굳이 하지 않아도 되는 이 발걸음에 또 한 번 감동했다. 똑같이 수업을 들어도 누군가는 실행하고 다른 누군가는 한 귀로 듣고 한 귀로 흘린다. 같은 수업을 들었지만 이후 행함은 제각각이다. 바로 여기서부터 차이가 난다. 글쓰기는 한두 줄이라도 쓰려고 하는 자와 그렇지 않은 자로 나뉘니까.

'겨우 한두 줄로 판단하지 마시오'라고 말하려거든 한마디만 더 하자. 실행한 자와 그렇지 않은 자의 차이는 '오늘'만 보면 현미경으로 봐도 모르지만 하루가 켜켜이 쌓일수록 엄청나게 벌어질 거라 확신한다.

글쓰기 수업은 매주 한 번씩 총 4회차였다. 마지막 수업에서는 고쳐쓰기인 '퇴고' 방법과 글 쓸 때 두려워하지 말아야 할 부분에 관해 이야기를 나눴다.

온라인 수업이라 4주 동안 십여 명의 수강생과 한 번도 직접 만나지 못해 아쉬움이 가득했지만, 그럼에도 배움의 열망을 안고 함께해주셔서 진심으로 감사했다.

도서관 담당 사서님이 "좋은 강의 감사해요. 마지막 날인데도 많이 참석하셔서 열심히 들으시니 좋네요. 선생님 덕분입니다."라고 따뜻한 말씀을 건네주시니 마음이 더욱 풍성해졌다.

감사해야 할 사람은 나다. 15년 동안 글을 썼지만 가르친 경험은 없었다. 말하자면, 내 인생 첫 글쓰기 강의를 그곳에서 했다. 경력 없는 나를 믿어주시고 제안해주신 도서관 사서님, 아직은 조금 미숙한 내 모습에도 웃으며 호응해준 수강생분들께 진심으로 감사드린다. 내가 알고 있는, 전하고 싶은 이야기를 짧은 시간에 전부 담을 수 없어 아쉬웠지만 후회는 없다.

그렇게 내 첫 글쓰기 수업 4주의 시간은 추억이 됐다. 뭐든 '처음'은 잊히지 않듯, 나는 그 수업의 향기와 분위기를, 사서님을, 수강생분들을 영원히 잊지 못할 것이다.

수업이 끝나고 점심으로 물냉면 한 그릇 뚝딱했다. 그리고는 그다음 주부터 시작된 또 다른 곳의 강의를 준비하기 위해 자리에서 힘차게 일어났다.

어린이 글쓰기 수업,
충격의 첫날

2020년 10월, 3주간 총 6회 차의 어린이 글쓰기 수업이 시작됐다. 인천에 있는 모 도서관에서처럼 줌(Zoom)을 이용한 화상 강의였다. 수업 첫날만 빈 강의실에서 진행하고 나머지 수업은 집에서 진행했다.

앞서 언급했듯 어린이 대상 글쓰기 수업 제의가 왔을 때 경험이 없어서 처음에는 많이 망설였지만 도전해보기로 했다. 대상이 저학년 어린이(초등학교 3, 4학년)라 더 신경이 쓰였다. 혹여나 강의를 지루해하진 않을까 걱정이었다. 과장하면서, 졸리지 않게 목소리도 크게 했다.

그런데….

수업을 하며 신선한 충격을 받았다.

수업 중 즉흥으로 짧은 글을 쓰는 시간이 있었다. 단 5분이 주어졌을 뿐인데 그 짧은 시간 동안에도 어쩜 그렇게 글을 잘 쓰는지!

고양이를 너무 사랑해서 다시 태어나면 예쁜 고양이가 되고 싶다는 이야기, 자전거를 처음 탈 때 많이 넘어졌다며 누구나 실패하며 성장한다는 이야기, 고학력자 엄마가 자신의 수학 문제를 풀지 못해 당황했다는 이야기 등 그 순수함과 엉뚱함에 웃음이 나기도 하고 대견하기도 했다. 아이들의 실력과 에너지에 그저 놀라울 뿐이었다.

아이들은 별보다 더 빛나는 눈망울과 또랑또랑한 목소리로 되려 초보 강사인 나를 격려했다. 심지어 한 남자아이는 저글링 미니 공연까지 선보였다. 아, 사랑스러워라!

잠시나마 동심으로 돌아간 듯해 행복했다. 아이들에게 글쓰기를 가르치려 했건만 되려 내가 느끼고 배운 게 더 많구나, 이런. 수업 시간은 도리어 내게 힐링이었다. 수업 후 생각했던 것보다 더 잘 이끌어줘서 고맙다는 사서님의 말에 잇몸마저 만개했다.

기분이 날아갈 듯하다. 혼자서 글만 쓰다가 글쓰기 강의로 다양한 사람을 만나게 되면서 새로운 세상을 맛보고 있다.

친구들아, 정말 고마워!
선생님은 너희들 덕분에 솜사탕 위를 걷는 기분이었어!

라떼보다
너희가 낫다

어린이 글쓰기 수업 3회 차의 주제는 '일기 쓰기'였다. 어릴 적 공부는 못해도 일기 쓰는 건 쭈쭈바보다 좋아하던 나다. 보물처럼 애지중지하던 일기장은 초등학교 4학년 때의 것부터 소장되어 있다.

가끔 빛바랜 일기장을 꺼내 보곤 한다. 타인을 배려하거나, 친구에게 먼저 사과하거나, 자연을 소중하게 생각하거나, 부모님께 효도한 행위 등을 보니 어린 것이 웬만한 어른보다 낫다.

어린이들과 수업하면서 라떼(나 때의)의 어른스러움은 잊은 채, 아이들을 아기 다루듯이 하는 나를 발견한다. 아무래도 주변에 어린이가 없고, 내게 어린이를 가르친 경험마저 없으니 내 머릿속 기준으로 초등학교 3학년이면 많이 어리다 여긴 모양이다.

수업 첫날에야 아이들의 수준을 너무 낮게 잡지 말아야 함을 깊이, 바로 깨달았다. 내가 가르친 아이들은 분명히 내 어린 시절보다 더욱 생각이 깊고 성숙했다.

한 아이가 쓴 '오늘의 날씨'라는 제목의 글을 읽고 짙은 감성 수준에 깜짝 놀랐다. "우울한 내 기분을 어찌 알았는지 하늘도 덩달아 우중충한 날"이라고 적혀 있었기에 와 하고 감탄했다.

심지어 디지털 세대라 그런지 수업 도중 프로그램 활용법을 알려주는 건 물론이고 사용하는 단어도 '활성화', '조바심' 등 고급 어휘가 즐비하다.

'라떼보다 너희들이 낫구나!'

아이들의 글을 읽고 눈물이 날 뻔하기도 했다. 다음은 2회차 수업 때 아이들이 쓴 글이다.

• 상상하며 쓰기 남자아이 ○○의 글

코로나 때문에 슬프긴 하지만 온라인 수업이 많아지면서 도서관 수업도 컴퓨터로 하게 됐다. 컴퓨터 덕분에 글쓰기 선생님을 만날 수 있게 돼 너무 좋다. 선생님이 재밌고 좋다. 컴퓨터야, 고마워!

• 편지 쓰기 여자아이 ○○의 글

선생님, 우리에게 즐거운 수업을 할 수 있도록 잘 가르쳐주셔서 감사해요. 도서관 글쓰기로 선생님을 만나게 돼서 정말 좋아요. 남은 시간도 열심히 할게요.

학교가 아닌 도서관 수업임에도 소중히 생각해 준 그 마음에 진심으로 고마웠다. 베테랑 강사가 아닌 내게 이렇게나 따스한 사랑의 씨앗을 뿌리다니…. 세상 어떤 응원보다 더욱 힘이 났다. 아이들을 가르치는 보람과 즐거움에 가슴이 떨려왔다.

어린이 글쓰기 수업 후기, 이거 실화?

어린이 글쓰기 수업이 막을 내렸다. 시작하기 전만 해도 '내가 과연 잘할 수 있을까?', '아이들이 지루해하지는 않을까'라는 걱정이 설렘보다 앞섰다. 한 번도 초등학생을 가르친 경험이 없어서 더 그랬나 보다.

수업하기 전에 관련 책 10여 권을 사다가 공부했다. 성인 대상 글쓰기 수업 전에도 여러 권의 책을 구매해서 공부하지만 어린이 강의는 처음이라 더 신경이 쓰였다. 어느 분야든 가르치는 사람이 더 많이 알고 이해해야 잘 전달할 수 있으니까.

6회 차 수업을 마무리하며 나도 아이들도 무척 아쉬워했다. 특히 아이들의 아쉬움은 5회 차부터 조금씩 흘러나

왔다.

“이지니 선생님! 다음 글쓰기 동아리 2기는 언제 시작해요? 그때도 선생님이 지도하시나요?”

“다음 시간이 마지막이라니, 정말 아쉬워요.”

“선생님은 작가니까 선생님이 쓴 책을 저도 꼭 읽어볼게요!”

아이들의 곱디고운 순수의 언어가 고스란히 내 마음에 진하게 스며들었다. 아! 글쓰기를 배운 건 아이들이지만, 그 순수함을 닮고 배우고 싶은 건 나였다. (배운다고 되는 건 아니겠지만)

모든 수업을 마친 뒤였다.

“얘들아, 이제 채팅방을 나가도 좋아요! 그동안 너무 즐거웠고, 고마웠어요!”

(아이들의 웅성거림) “안 나갈 거예요!”

“하하하. 여기에 계속 있을 거예요? 친구들이 나가야 선생님도 나가지요.”

“선생님이 먼저 나가세요. 저희는 나중에 나갈게요.”

(눈시울이 붉어지기 직전) "아이고, 아니에요. 선생님이 너희들 가는 모습을 볼 거야!"

(아이들이 합창하듯) "싫어요! 선생님이 먼저 나갈 때까지 안 갈 거예요!"

"그래, 얘들아. 그럼, 선생님 먼저 나갈게! 건강히 잘 지내고 기회가 닿으면 다음에 또 만나자!"

나는 애써 슬픔을 감추며 힘겹게 로그아웃했다.

비록 만난 적은 없지만 아이들이 보낸 사랑을 가슴 가득 안고 수업을 마쳤다. 학교 선생님도 아니고, 학원 선생님도 아닌 나. 그저 여섯 번의 만남에 이렇게 정이 들다니. 내게 아낌없는 관심과 사랑을 준 아이들이 무척 고마웠다. 그동안 나를 믿고 응원한 사서님께도 감사의 메시지를 띄웠다.

처음 내게 강의를 제안한 사서님도 반신반의했을 거다. 어린이를 대상으로 글쓰기를 가르친 경험이 없는 나였으니까. 누구에게나 '처음'이란 있다며 부담 없이 편안하게 진행하라며 손을 내밀어 준 유일한 곳이기에 더 잘하고 싶었다. 누군가가 나를 믿어준다는 것이 이렇게 힘이 되고 좋은 자극이 되는구나 하고 깨달았다. 사서님은 매 회차 수업이 끝날 때마다 너무나 잘 이끌었다며 고래도 춤추게 할 칭찬을 해주시니 그건 또 어찌나 기쁘던지.

수업이 종료된 후 꼬마 친구들의 후기(평가 및 느낀 점)를 받았다고 한다. 떨렸다. 수업 후 평가는 좋든 싫든 피할 수 없는 과정이다. 그런데…. 충격(?)적인 결과를 들었다. 적게는 7명, 많게는 11명의 친구와 함께한 시간. 성심성의껏 의견을 써준 것도 고마운데 이렇게 극찬을 쏟다니.

어린이 글쓰기 강의 경력이라고는 단 하루도 없는 내게 과분한 결과였다. 나를 믿어준 도서관 사서님과 아직은 좀 서툰 날 믿고 잘 따라와 준 친구들에게 한없이 고맙다. 마음을 다해 아이들을 대하고 친구처럼 편안하게 다가가려 노력했는데, 내 진심이 잘 닿은 것 같아 기쁘다.

고길동 아저씨가 살던 쌍문동 가는 길

성난 태풍이 헤집고 간 뒷모습은 민망할 정도로 고요했다. 거기에 청명함까지 더해진 오후, 곱디고운 하늘색 도화지에 물든 새하얀 구름을 바라보며 서울 도봉구 쌍문동으로 발길을 옮겼다. 한 도서관에서 글쓰기 수업을 진행하기 위해서다.

더 심해진 코로나19로 오프라인 강의는 꿈도 못 꾸는 시기, 이를 대신해 줌을 이용한 온라인 강의가 곳곳에서 많이 개설되었다. 수업 시간이 한 시간에서 길면 한 시간 반이지만 '시간이 아깝지 않을 만큼 소중한 강의였다'라고 여길 수 있도록 준비하고 싶었다.

강의가 계속될 때마다 더 잘하고 싶다. 그러기 위해서는 스스로 공부하고 연구하며 읽고 쓰기를 게을리하면 안 되겠지!

글쓰기 수업이든 원고 작업이든 감사함으로 준비할 테다. 미래는 알 수 없어도 하루하루 최선을 다하면 분명 기적에 닿을 것을 확신한다. 아무것도 아닌 내가, 학창 시절 어지간히 공부 못하던 내가 일곱 권의 책을 내고 여러 도서관에서 글쓰기 강의를 하게 되리라곤 상상조차 못 했던 것처럼.

2020년 9월, 나의 두 번째 글쓰기 수업이 시작되었다.

내가 사는 인천 송도에서 도서관까지는 자동차로 편도 1시간 30분, 왕복 3시간이 걸린다. 코로나19로 가까운 거리마저 잘 안 가는 터라 왕복 3시간은 여행이나 다름없었다.

창밖으로 보이는 북한산을 마주한 건 정확히 7년 만이었다. 목적지에 닿을수록 '노원구', '도봉구'라고 적힌 이정표가 다소곳한 심장을 건드린다. 누군가에게는 매일 보는, 매일 걷는, 매일 맡는 냄새가 내게는 그저 좋아하는 연예인을 실제로 본 듯 신기했다. 쌍문동이 그랬다.

이곳은 약 5년 전 tvN에서 인기리에 방영한 드라마 〈응답하라 1988〉의 배경지다. 당시 '언젠가는 저곳을 한 번 가보게 될까?'라고 생각했는데 드디어 기회가 왔다. 그것도 글쓰기 강의를 하러 쌍문동에 가게 되다니! 사람 일은 한 치 앞도 모른다는 말을 다시 한번 실감했다.

아차! 만화 영화 〈둘리〉의 배경지 역시 쌍문동이구나. 어쩐지 지나는 곳마다 둘리와 그 친구들, 그리고 고길동 아저씨의 동상이 눈에 닿았다. 버스 정류소에 나란히 서 있는 둘리 가족의 모습에 나도 모르게 입꼬리가 올라갔다.

심지어 '둘리 뮤지엄'까지 있다. 난 관광 목적이 아니니 당장은 지나칠 수밖에. 내 머릿속에 조용히 숨 쉬던 곳. 그곳을 꺼내 눈앞에서 만나다니! 도서관 강의가 아니었다면 가능했을까. 뭐, 와야 할 운명(?)이라면 어떻게든 왔겠지만.

수업을 마치고 집으로 돌아가는 길. 코로나19만 아니면 근처 맛집을 찾아 입 호강을 하고 싶지만 곧장 차에 올랐다. 왕복 3시간 이동에 수업 시간 1시간 30분 동안 내내 앉아있었더니 엉덩이에 불이 날 것만 같았다.

그렇다고 귀갓길 풍경을 놓칠 순 없었다. 산을 오를 때 미처 보지 못한 꽃은 내려올 때 본다고 하지 않던가. 나 역시 수업이 안긴 약간의 긴장으로 그곳에 갈 때 보지 못하고 놓친 풍경이 분명 있었을 터다.

오가는 풍경을 흠뻑 즐길 수 있었던 쌍문동에서의 온라인 수업도 사서님의 정성스러운 수업 준비와 열정적인 수강생들 덕분에 무사히 잘 마칠 수 있었다.

쌍문동, 짧은 만남이었지만 행복했어.

고길동 아저씨, 만나서 반가웠어요!

별이 빛나는 밤의 글쓰기 수업

도서관에서 진행하는 글쓰기 수업만 하다가 첫 개인 글쓰기 수업을 진행했다. 세상 모든 '처음'에는 의미가 있는 법. 단 한 분이 신청하더라도 즐거운 마음으로 진행하려 했는데 두 분이나 신청해 주셨다. 심지어 날 위한 배려로 수업 시간까지 조정돼 어찌나 감사한지. 그런 의미로 내가 쓴 책 두 권씩을 보내 드렸다.

밤 10시에 시작된 수업은 11시가 살짝 넘어 끝났다. 도서관에서 수업할 때는 수강생이 10명이 넘어서 나 외엔 모두 음 소거를 할 수밖에 없는데 (발언할 때는 제외) 이번엔 그리하지 않아도 되니 좋았다. 우리 모두 영상과 소리를 켜니 그야말로 살결만 안 닿았을 뿐 하나가 된 기분이었다.

수강생의 정체(?)를 공개할 순 없지만 두 분 다 교육자의 길을 걷고 계신다. 한 분은 수학을 가르치고 다른 한 분은 영어를 가르친다. 두 교육자 앞에서 글쓰기를 가르친 셈이다. 사실 가르친다기보다는 내 '글쓰기 경험을 나눈다'가 더 맞는 말일지도 모른다. 중요한 건 두 교육자를 모실 수 있게 되어 영광이었다! 별이 빛나는 늦은 밤, 강의로 하나가 되어 참으로 행복했다.

수업을 들은 두 분의 시간과 돈이 절대 아깝지 않길 바라며 열심히 공부하고 준비했으며 수업을 진행했다. 그렇게 매주 1회씩 진행한 총 4회 수업이 끝났다. 작은 보람을 느낀다.

오늘도 나는 책을 읽고 글을 쓴다. 기획을 하고 책을 써서 투고도 한다. 계속 들어오는 글쓰기 수업과 강의 준비도 한다. 모든 결정을 내가 하니 한없이 자유롭다.

내일 일을 예측할 수 없지만 자유로운 프리랜서의 삶이 나는 좋다. 주어진 일에 최선을 다할 때 선물처럼 다가오는 작은 행운들을 느끼는 요즘, 나는 행복하다.

제가 감히 이런 글을 받아도 될는지요

나의 첫 수강생 'J 님'이 작성한 수업 후기

블로그를 시작한 근본적인 이유는 글을 잘 쓰고 싶어서였다. 그래서 '온라인 글쓰기 수업'을 찾으려 무작정 검색했고 운이 좋게 이지니 작가님을 만날 수 있었다. 그녀는 자신을 무명이라 낮추지만 이미 여러 권의 책을 냈다.

나는 그녀의 꾸밈없고 솔직 담백한 글들이 좋았다. 무엇보다 자기 일을 사랑하고 마음을 다하는 게 느껴졌다. 사실, 작가로서의 이지니보다는 가르치는 선생으로서의 모습이 더 궁금했다. 작가로서의 모습이 궁금하면 언제든 책을 펼치면 되지만, 후자의 경우는 어쩌면 한 번뿐이니까.

'두근두근', 그렇게 우리는 스승과 제자로 만났다.

나는 그녀의 수업을 듣기 전, 책 좀 팔았다(?) 하는 누군가의 강의를 들은 적이 있다. 자랑만 하던 그의 강의는 알맹이 하나 없는, 그야말로 '속 빈 강정'과 같았다. 그래서인지 이 수업도 내가 만족하지 못하면 어쩌나 내심 걱정한 건 사실이다. 하지만 총 네 번의 수업을 듣는 동안 그녀가 준비한 강의 내용은 '글쓰기를 처음 시작하는 나 같은 사람'에게 매우 유익했고 최선을 다해 준비했음을 느낄 수 있었다.

그녀는 글을 잘 쓰고자 하는 나와 다른 수강생에게 진심을 다했다. 네 번의 강의 내용을 전부 공개할 순 없지만, 수업 전날 강의 내용을 요약해서 이메일로 보내는 건 물론이었고 잘 구성된 강의였다. 동기를 불어넣는 것을 시작으로 퇴고까지 어느 하나 부족함이 없었다. 강의력도 좋은데 수강생의 잠재력을 끌어내는 능력 또한 대단했다. 처음 강의한다는 말이 무색할 정도로 자연스러웠고 내용까지 알차 놀랐다. 수년째 교단에 있는 나라서 그런지 이런 부분이 더욱 눈에 보인다.

첫 번째 과제가 '자신의 글을 어디에든 응모하기'였는데, 부담스러웠지만 그녀의 열정이 내게도 전염돼 짧은 글을 써서 응모했다. 결과는? 11월 호 지역 잡지 《화분》에 실릴 예정이다. 작가님의 응원에 힘입어 글을 보내길 정말 잘했구나 싶다. 누군가의 응원이 희망의 꽃을 피울 수 있음에 놀랐다.

참! 다른 한 분과 수업을 같이 들어서 더 좋았다. 수학 선생님인데 배울 점이 많았다. 그녀가 쓴 글을 읽을 때마다 울컥했고 실행력과 열정에 나 역시도 스르르 물들었다. 좋은 분을 만나 함께 할 수 있어서 더없이 행복한 시간이었다. 작가님에겐 미안한 얘기지만 수강생이 둘이라 무지하게 좋았다. 작가님을 독점할 수 있는 유일한 시간이었으니까. 앞으로 이런 기회는 쉽게 올 것 같지 않다. 곧 그녀의 신간이 나오면 더욱 바빠질 테고 이어 새로운 글감을 향해 나아갈 터이니.

그녀의 첫 제자라 자랑스럽다. 작가로서, 글쓰기 선생님으로서 모두 백 점 만점에 백 점 아니, 그 이상이다.

"작가님, 저를 잘 지도해주셔서 고마워요. 늘 노력하겠습니다."

그녀에게 『영심이, 널 안아줄게』와 『힘든 일이 있었지만 힘든 일만 있었던 건 아니다』 두 권의 책을 선물 받았다. 그녀가 쓴 책이라 직접 사려 했는데, 기꺼이 선물로 보내주셨다. 아껴 읽으려고 했건만 한 장을 읽는 순간 두 권을 다 읽어버렸다. 이런. 한 번 더 볼 예정이다.

감사한 마음을 담은 나의 댓글

새벽에 잠시 깬 바람에 겸사겸사 스마트폰을 열었는데…. 아, 정말 감사해요. 실은 글쓰기 강의를 시작하기 전부터 '4주 차 수업이 끝나고 후기를 써주시면 참 좋겠다'라는 마음이 있었어요. 그런데 J 님도 아시겠지만 수업하는 동안 그리고 이후에도 후기 작성 언급은 하지 않았습니다. 왠지 강요 아닌 강요처럼 여겨졌고 수업이 좋았다면 수강생분들이 어련히 후기를 남기시겠지 싶어서요.

생각지도 못한 이 글을 읽고 크리스마스 날 굴뚝 아래로 나타난 산타할아버지보다 더 놀랍고 기쁘고 행복합니다. 이런 글을 제가 감히 받아도 될는지 싶어요. 잠이 다 달아났어요.

도서관을 제외하고 개인적으로 글쓰기 수업을 연 건 이번이 처음이었어요. 어설픈 수업에도 진심이 닿길 바랐습니다. 그걸 알아주시니 뭐라 표현할 단어가 없네요. 앞으로 이 글이 내 부캐(부가 캐릭터)인 '글쓰기 강사'로 나아갈 이유이자 버팀목이 될 거예요.

새내기 강사인 제게 희망을 주셔서 진심으로 고마워요. 짧은 수업이지만 늘 최선을 다하시고 실행하시고 흡수해 주셔서 감사합니다. 지역 잡지 원고에 뽑히신 것도 다시 한번 축하드려요! J 님을 알게 돼 진심으로 기쁘고 영광이에요. 앞으로도 인연 이어 가요!

앗, 가장 중요한 얘길 잊을 뻔하다니! 진짜로 자신을 낮추는 사람은 제가 아니라, J 님이에요. 글도 잘 쓰시고 그래서 잡지에도 실리셨는데 자신의 글에 너무 겸손하세요. 자신 있고 당당하게 쓰셔도 됩니다. 충분히요!

듣기 좋으라고 하는 입바른 소리가 아닙니다

2021년 3월 2일부터 울산에 있는 모 도서관에서 성인 글쓰기를 진행했다. 2주 차의 주제는 '생각이 곧 글이다'와 '짧은 글쓰기'였는데, 이론 수업 외에 내 머릿속에 있는 생각을 그대로 글로 옮기는 실습 시간도 가졌다.

"수업 중에 글 쓰는 시간이 있으니 노트와 펜을 준비해 주시기 바랍니다."

라고 알린 건 수업이 시작되기 불과 10분 전이었다. 예고도 없이 불쑥 진행하는 거나 다름없었다. 글쓰기에 주어진 시간은 단 10분. 8명의 수강생분이 열심히 쓰고 있을 때 나는 수업 대본을 다시 한번 점검했다.

10분 후.

수강생분들의 글이 퇴고를 거치지 않은 '날 것 그대로'의 초고라 크게 기대하지 않았다. 글을 잘 쓰고 못 쓰고를 평가하려는 게 아닌(감히 누구의 글을 평가할 역량이 내겐 없다), 글쓰기에 대한 두려움이 있다면 전혀 그럴 필요가 없다는 걸 느끼길 바라는 마음에서 마련한 시간이었기 때문이다. 생각이 곧 글이기에 내 머릿속에 있는 생각을 그대로 글로 옮기면 되니까.

그런데 세상에! 한 분 한 분 쓰신 글을 들을 때마다 내 입에서 탄성이 새어 나왔다. 갑작스레 쓴 글이 이 정도인데 제대로 퇴고한다면 얼마나 더 좋아질까 싶었다.

A 님의 솔직한 글, B 님의 공감이 가는 글, C 님의 유쾌한 글, D 님의 감동을 주는 글, E 님의 진정성이 느껴지는 글…. 마치 지니의 요술 램프 안에서 보물이 쏟아져 나오는 걸 바라보듯 내 입이 좀처럼 다물어지지 않았다.

본래 상대방의 말이나 행동에 반응을 잘하는 나인데, 수강생분들의 기막힌 글을 접하니 더욱 가만히 있을 수 없었다. 서로의 글을 듣고 이야기하는 시간도 가졌다. 강사인

나 혼자서 말하기보다는 서로의 생각을 나누는 게 10배는 더 좋다 여긴다. 좋은 글을 쓰려면 좋은 글을 많이 읽어야 하는데, 한자리에서 다른 색깔의 글 8개를 접할 엄청나게 좋은 기회다. 더군다나 같은 글이어도 각자에게 와닿는 문장이나 느낌이 다를 테니 말해 무엇하랴.

그중 유독 한 분이 기억에 남는다. "다들 너무 잘 쓰셔서…. 아이고…." 글을 읽기 전부터 사랑 고백을 앞둔 소녀처럼 얼굴이 빨갛게 익은 수강생 A 님. 자신의 글에 영 자신이 없는 말투와 부끄러운 표정이 고스란히 얼굴에 드러났다.

글을 다 듣고 내가 느낀 건, 그녀는 '지나친 겸손'을 소유하셨다. 첫 문장부터 독자에게 궁금증을 유발하는 것은 물론 한 문장 한 문장 들을 때마다 내 머릿속에서 하나하나의 장면이 동영상처럼 재생되었다. 마치 막 잡아 올린 물고기를 바닥에 내려놓은 것처럼 팔딱팔딱 뛰는 생생한 문장이었다.

또 D 님의 글은 당장 책으로 출간해도 될 만큼 군더더기가 보이지 않았다. 제아무리 화려한 문체를 지닌 글이라 한들, 그녀의 연륜이 녹여낸 삶의 지혜를 상대하지는 못할 것이다. 이처럼 삶을 보는 독특한 자신만의 시선을 가진 분들은 꼭 책을 쓰셨으면 좋겠다.

얼마 전에 개인적으로 진행하는 책 쓰기 수업을 블로그에 공지하며 이렇게 썼다.

"글을 잘 써서 책을 내는 건 아니다. 꾸준히 글을 썼기 때문이다. 특히나 평소에 긍정적인 마음을 가진 분, 실패할지라도 도전하기를 두려워하지 않는 분, 누구보다 나 자신을 사랑하는 분이라면 제발 책을 썼으면 좋겠다. 당신의 글은 수많은 독자에게 선한 영향력을 행사하기에 충분하다."

당연히 이번 글쓰기 수업의 수강생분들도 모두 책을 쓸 능력이 되신다! 어쩌면 이분들에게 지금 조금 더 필요한 능력은 자신감뿐인지도 모른다.

생애 첫 강의료,
양가 부모님께 드리다

몇 달 전, 생애 처음으로 도서관에서 글쓰기 강의 제안을 받아 지금껏 다섯 군데에서 진행했다. 나의 '본캐(본래의 캐릭터)'는 글을 쓰는 작가지만, 수입은 강사인 '부캐'가 훨씬 많다. 어찌 보면 당연하다. 인세…. 받아야 얼마나 되겠나. 책을 쓰기 시작할 때부터 돈을 생각했다면, 다섯 권째를 준비하는 지금까지 오지 못했을 게 뻔하다.

책 쓰기는 내 사명이고 평생 해야 할 일이라 여겨 인세에 크게 예민한 적은 없다. 출판사가 투명하게 정산만 해준다면 다른 문제는 없다고 생각한다. 홍보에 나 몰라라 한 적도 없다. 책이야말로 내가 낳은 자식과도 같은데 그럴 리가 있나. 꾸준한 홍보는 작가에게 당연한 일이다.

책이 좋으면 입소문도 나고 잘될 책은 어떻게든 잘 된다고 생각한다.

서론이 길어졌다. 하여튼 이번 글은 강의료를 받아 일부를 양가 부모님께 시원하게 쾌척했다는 내용이다. 즉, 나의 깨알 자랑이다.

친정 부모님이 쓰고 계셨던 스마트폰은 4년 전에 구매했다. 당시에도 사양이나 디자인이 썩 훌륭하진 않았기에 손가락에 박힌 작은 가시처럼 마음에 걸렸었다. 중간에 케이스라도 좋은 걸 사 드리고 싶었지만, 스마트폰 자체가 이미 단종되어 불가능했다. 진정 새로 살 때가 된 거다. 최신 스마트폰은 아니더라도 카메라 기능이나 사양이 어느 정도 좋은 녀석으로 바꿔 드리고 싶었다.

그리고 드디어 실행! 요금제 변동을 원치 않으셔서 자급제폰으로 결정했다. 4년 만에 새 스마트폰을 손에 쥔 부모님의 모습을 보니 기분이 날아갈 듯하다. 어린아이처럼 스마트폰 카메라로 여기서 찰칵, 저기서 찰칵하신다. 진작에 바꿔드렸어야 했다.

두 번째는 시부모님을 위한 공기청정기다. 내가 쓴 책이 한 권 한 권 나올 때마다 물심양면으로 응원해주시고 아낌없는 사랑을 주셔서 감사하다. 곧 돌아올 어머님 생신 겸해서 좋은 선물을 드리고 싶었는데 때마침 기회가 왔다. 이왕 드리는 거 가장 좋은 녀석으로 골랐다.

스마트폰 두 대와 공기청정기를 구매하고 나오는 길이 이렇게 상쾌하다니! 마치 오랫동안 미룬 큰 과제를 마친 기분이다.

양가 부모님 모두 네가 고생해서 번 돈인데 자신에게 쓰라며 극구 말리셨다. 하지만 내겐 '첫 강의료'라는 큰 의미가 있는 돈이고 내게 소중하고 고마운 부모님께 필요한 물건을 사 드릴 수 있음에 되려 감사한 마음뿐이었다. 네 분의 행복한 모습을 보니 더 열심히, 부지런히 나의 본캐와 부캐를 위해 노력하고 싶어졌다.

이 길로 처음 들어섰을 때는 커피 한 잔 마음 편히 사 마실 수 없을 만큼 주머니 사정이 어려웠다. 그런 내가 글쓰기로 돈을 벌어 이렇게 선물할 수 있다는 건 기적과도 같은 일이다. 역시 포기하지 않으면 언젠가는 되는구나, 싶다.

이제 시작이지만 자신감이 많이 생겼다. 그나저나 출산 준비와 출산 후 몸조리 때문에 일할 수 없게 됐으니, 다음 달부터 두세 달 정도는 수입이 다시 0원이다.

뭐, 괜찮다. 이게 바로 프리랜서의 맛이 아니더냐.

영업 좀 할게요

내 이메일 계정은 두 개인데, 하나는 개인이고 다른 하나는 비즈니스다. 후자로 오는 메일은 바로 확인해야 할 듯해서 알림 설정을 했다. 글쓰기 수업, 책 쓰기 특강, 동기부여 강연, 칼럼 기고, 방송 출연 등의 제안이나 출판사 관계자, 수강생, 독자 등과의 소통은 모두 이 계정에서 받고 있다.

"띠리링!"

어느 화창한 오후, 경기도 ○○도서관에서 메일 한 통이 왔다. 내용을 읽으니 네이버 검색으로 나를 알게 된 듯하다. 인스타그램이든, 블로그든, 브런치든 여러 글쓰기 통로로 강의나 강연을 제안하시니 너무나 감사하다, 정말!

도서관에서 진행하는 온라인 글쓰기 수업이었다. 그런데…. 하지 않기로 했다. 정확히 말하면 하고 싶어도 못 하는 이유가 있었다.

제안이 왔을 때 임신 33주 차였다. 몸 상태를 봐서는 11월까지 강의할 수 있었지만, 도서관 수업은 겨울 방학 특강이라 12월에 시작이었다. 12월이면 출산 예정일과 맞물렸다. 자연분만을 원하는 터라 언제 아기가 태어날지 모르니, 무턱대고 하겠다고 말할 수도 없는 노릇이었다.

아쉽지만 어쩔 수 없었다. 하지만 출산 후부터는 글쓰기 수업과 책 쓰기 수업, 동기부여 강연 등을 시작할 계획이었다.

말이 나왔으니 영업 좀 할까?

안녕하세요. 작가 이지니입니다. 수업은 '술술 읽히는 담백한 글쓰기'와 '한 번 배워 평생 써먹는 책 쓰기' 두 가지가 있습니다. 도서관이나 기업체도 환영이며, 각 사정에 따라 수업 시간 및 분량 조율이 가능합니다.

1. 글쓰기 수업

1) 주제 : 술술 읽히는 담백한 글쓰기

2) 특징

- 소규모 진행으로 한 분 한 분의 숨어 있는 잠재력까지 꺼내드립니다.
- 글쓰기 비법만큼 중요한 게 동기부여입니다. 수업 시간 내에는 물론, 단체 카톡방에서도 동기를 부여해 드립니다.
- 매주 신나는 미션(과제)을 드립니다.
- 내가 쓴 글이 술술 읽히는지 궁금하시죠? 꼼꼼한 첨삭을 눈으로 확인하세요!
- 딱딱하고 어색한 수업은 가라! 개그맨 선발대회에 지원한 경험이 있는 이지니 작가가 수업 분위기를 환히 밝히겠습니다.

2. 책 쓰기 수업

함께 책을 쓰는 과정이 아닙니다. 책 기획, 책 쓰기, 책 출간, 책 홍보, 그리고 이후의 행보(강의, 강연)까지 혼자서도 할 수 있도록 돕는 내용을 담은 수업이에요.

1) 주제 : 한 번 배워 평생 써먹는 책 쓰기

2) 특징

- 5년간 5권의 종이책을 출간했습니다. 그중 4권을 직접 기획(콘셉트, 제목, 부제, 목차 등)했습니다. 여러 시행착오를 겪었지만, 이지니 작가가 5년간 겪고 터득한 전부를 전합니다.

- 수업으로 과정을 배웠다면 본격적인 '쓰기'를 해야겠죠? 함께 글을 쓰는 시간은 없지만, 이론을 넘어 실전(원고 쓰기)으로 이어질 수 있도록 동기를 부여해 드립니다.

3. 동기부여 강연

키워드는 '꿈', '긍정', '메모', '감사' 등 동기를 부여해줄 수 있는 것이라면 뭐든 가능합니다. 장소는 도서관, 학교, 기업체 등 가리지 않습니다.

4. 칼럼 청탁 및 방송 출연

칼럼 청탁도 언제든 환영이며, 방송 출연 역시 100% 가능합니다. 오디오가 빈 채로 나갈 일은 없을 것입니다. (라디오 출연 경험 有, 방청객 경력 및 드라마, 영화 보조 출연 多, 2005년 개그맨 시험 경험 有) 부득이한 상황이 아닌 이상, 거절이란 없습니다. 조건만 맞으면 뭐든 합니다.

올해 남은 시간은 출산 준비로 개인 수업 및 강의나 강연 제안을 더는 받을 수 없지만, 2021년 초까지 몸과 마음을 가다듬어 한층 성숙하고 발전된 모습으로 뵐 것을 약속드립니다.

원고 청탁은 언제나 감사합니다

"이지니 작가님께 원고를 부탁드립니다."

재작년 여름, 생애 첫 칼럼 청탁을 받았다. 한국전력공사 계열사인 '한국서부발전'의 사보 《서부공감》에 들어갈 글을 써 달란다. 주제를 볼 틈도 없이, 처음 온 기회에 어린아이처럼 신이 났다. 심지어 원고료도 준단다. (당연한데 당시 나는 모든 게 신기했다)

정신을 차리고 칼럼 주제를 보니 '노력'이었다. 조금은 광범위한 주제에 잠시 머뭇거렸지만 좋은 기회임을 알기에 감사히 청탁을 받아들였다.

약속한 날짜에 원고를 보냈는데, 칼럼을 의뢰한 담당자

가 보낸 '좋은 글을 써주셔서 감사하다'는 단 한 줄의 칭찬에 잠을 이루지 못했다.

한 달 뒤 당사 홈페이지에 글이 실렸다. 잡지로 출간되기에 PDF 문서로 받았는데 기분이 새로웠다. 칼럼이야말로 진정 글을 쓰는 이에게만 주어지는 기회가 아닌가.

실제 잡지로 보지는 못했지만, 회사 홈페이지와 문서 안에 있는 내 글을 읽고 또 읽었다. 첫 책이 출간됐을 때와는 결이 다른 기분 좋음이었다. '책은 마음만 먹으면 누구나 쓸 수 있지만, 칼럼 청탁은 내가 원한다고 해서 쓸 수 있는 게 아니잖아'라는 생각에서다. 작가가 되니 이런 기회를 얻는구나, 싶어 나 스스로 대견하고 자랑스러웠다. 글 일부를 소개해 보겠다.

노력의 씨앗, 심어도 괜찮아

'노력'은 긍정을 담고 있는 착한 단어다. 본연의 뜻대로 누구는 희망으로, 다른 누구는 세월을 허비하는 희망 '고문'으로 치부한다. 우리는 종종 '해보지 않고는 모를 일이다'라는 말을 하면서도 정작 이루어내지 못할 두려움으로 시도조차 하지 않는다. 더는 노력의 본질 앞에 시치미 뗄 수 없다. 지금, 노력이라는 씨앗을 꺼내어 심어보자. 당신이 심은 씨앗 위로 반드시 열매가 맺힐 것이라 확신한다.

수십 번 넘어져도 괜찮은 이유

전자책을 제외하고 지금껏 두 권의 책을 썼다. 독자들은 SNS나 이메일로 따스한 메시지를 보낸다. 힘든 일을 겪고 있는 도중에 내 책을 만나 착한 위로와 격려를 받았다는 이야기는 물론 "처음부터 작가가 되고 싶었나요?", "어릴 때 꿈이 작가였나요?" 등의 질문도 받는다. 하지만 하루에도 몇 번씩 바뀌는 소녀 이지니의 꿈 중에 '작가'는 그림자조차 없었다.

나는 고등학교를 졸업하고 지금까지 방송작가, 영상 번역, 통역 등 서른다섯 가지가 넘는 일을 경험했다. 혹자는 지칠 줄 모르는 도전에 박수를 보낸다고 하지만 달리 이야기하면 서른 번이 넘는 실패를 한 셈이다. 내 길이라 여기며 눈앞의 일에 최선을 다했지만 오래가지 못했다.

황금과도 같은 시간을 버린 것만 같아 자신을 원망하며 눈물을 쏟기도 했지만, 돌아보니 어느 것 하나 버릴 수 없는 보물이 됐다. 시도하지 않고 노력하지 않았다면 지금을 꿈꿀 수 없다. 쉼 없는 노력이 작가의 길로 인도하는 다리가 됐다. 이후에 어떤 모습으로 바뀔지는 모른다. 나는 그저 행복에 물든 미래를 그리며 주어진 하루에 최선을 다할 뿐이다.

세상에 헛된 짓은 있어도 헛된 노력은 없다. 수십 번 넘어져도 괜찮다. 지금의 노력이 당신을 생각지도 못한 길로 데려갈지 모른다. 당장은 몰라도 조금만 기다리면 이유가 고개를 내밀 것이다. 꽃은 저마다 시기가 다를 뿐 반드시 피어나지 않던가. 나의 꽃이, 당신의 꽃이 피는 때를 기다리자.

어차피 모르는 이야기를 쓸 수는 없는 법. 광범위한 주제일지라도 내 이야기를 나만의 색깔로 물들이고 싶었다. 글을 쓰는 작가로서 바람이 있다면, 한 달에 한 번이든 일주일에 한 번이든 지속해서 칼럼을 쓰고 싶다. 그날이 올 거라 믿으며 글 근육을 더욱 단련해야겠다.

단행본 원고 집필 제안을 거절하다니

최근 들어 부쩍 일감이 늘고 있다. 우리 튼튼이가 복덩이는 복덩이구나! 얼마 전에도 메일 한 통이 왔다. 단행본 원고 집필 제안이었다. 좀 더 정확히 말하면 행정안전부 단행본 사례집 제작인데, 외국인 주민의 이야기를 잘 살려 글을 쓰는 작업이란다. 회사 사보의 칼럼은 쓴 적이 있어도 단행본을 써달라는 의뢰를 받기는 처음이다.

나 또한 중국에서 3년 동안 살았던 경험이 있기에 '외국인'의 입장을 어느 정도 잘 안다. 이번에 참여하면 한국에 거주하는 외국인들의 이야기를 들으며 즐겁게 사례집을 만들 수 있었을 텐데, 아쉽게도 내 답변은 "죄송합니다만…."으로 시작할 수밖에 없었다.

집필 기간이 연락이 왔던 달 중순부터 한 달 동안이라고 하니 내겐 불가능한 일이었다. 그다음 달부터 온라인 글쓰기 강의가 세 개(두 곳은 도서관, 한 곳은 개인)나 시작되어 강의 준비로 바빴기 때문이다. 거기에 책 출간도 있다.

가뜩이나 50일이 좀 지난 아기를 키우느라 잠도 제대로 못 자고 끼니도 하루에 한 끼 정도만 먹는 상황인지라 강의와 신간 준비만으로도 벅찬 상태였다.

솔직히 예전 같으면 강의와 신간 준비로 바쁘다고 해도 단행본 제안을 수락했을 것이다. 하지만 아이가 세상에 태어난 이상 내게 '육아'라는 가장 중요한 임무가 주어졌으니, 마냥 내 일만 할 수는 없다.

내게 단행본 원고 청탁 제안을 한 담당자에게 거절 메일을 보낸 뒤 묘한 기분을 느꼈다. '아, 내가 들어온 일을 거절할 때가 다 있구나.' 싶어서다. 얼마 전에는 또 다른 곳에서 온라인 글쓰기 특강 제안이 왔는데 아직 답변을 드리지 못했다.

불과 몇 개월 전까지만 해도 글쓰기와 관련된 제안에 내가 먼저 거절하게 될 거라고는 상상도 하지 못했다. 이 바닥(?)에서 아직은 햇병아리인지라 내게 기회가 오면 감사히 받는 게 도리라고 여겼기 때문이다.

물론 육아만 아니었어도 제안을 받았을 테지만…. 여하튼 육아야말로 때가 있는 법이니, 너무 아쉬워하지는 말자(라고 자신을 다독여본다)! 내가 하겠다고 한 일은 어떻게든 최선을 다해 준비하고 후회 없이 해내야만 한다.

오늘 하루를 헛되이 보냈다면
그것은 커다란 손실이다.

하루를 유익하게 보낸 사람은
하루의 보물을 파낸 것이다.

하루를 헛되이 보냄은
내 몸을 헛되이 소모하고 있다는 것을
기억해야 한다.

- 앙리 프레데리크 아미엘 -

5장

혼자서
책 만들고 홍보해보기

자가 출판 플랫폼 부크크에서 책 만들고 출간하기

앞서도 언급했지만, 내 책 『힘든 일이 있었지만 힘든 일만 있었던 건 아니다』는 자가 출판 플랫폼을 이용해 출간했다. 당시 블로그, 스마트폰 메모 앱, 인스타그램, 브런치 등에 써 놓은 글 중에서 80여 편을 골라 각각 인생, 꿈, 관계, 추억이라는 큰 주제로 분류해 책을 기획했다.

내가 겪은 일을 짧은 글로 남긴 게 대부분인데, 읽으면 기분이 좋아지는 글도 있지만 반대로 마냥 웃을 수만은 없는 마음이 불편한 글도 있다. 어찌 인생에 꽃길만 있으랴. 기쁜 일로 웃음이 절로 나오는 날도 있고 마음 아픈 일로 눈물이 앞을 가리는 날도 있다.

목차별로 글을 정리하고 제목을 정하려 할 때, 순간 말하나가 떠올랐다. 데뷔 30여 년 만에 대세로 떠오른 가수 양준일 씨가 자신의 팬 미팅이 열린 자리에서 이런 말을 했다.

"한국에서 힘든 일들이 있었지만 힘든 일만 있었던 건 아니다."

이 문장을 인터넷 기사로 접한 순간, '아, 이거다!'라고 느꼈다. 마치 내 몸에 딱 맞는 옷처럼 내가 기획한 책에 너무나 잘 어울리는 제목이었다. 이때까지만 해도 모든 일이 순조롭게 흐를 것만 같았다.

책 쓰기를 마치고 70군데 출판사에 투고했지만 한 군데의 러브콜도 받지 못했다. 하지만 어떻게든 책으로 만들고 싶었다. 결국 자가 출판을 하기로 결심했다.

자가 출판은 '셀프출판'이라고 불리기도 한다. 예전에도 '자가 출판'이라는 말을 들은 적이 있지만 내가 찾게 될 거라고는 생각하지 않았다. (사람 일은 정말 모르는구나)

여하튼 자가 출판 플랫폼인 '부크크'는 내가 쓴 글을 책으로 만들어 줘서 참으로 고마운 존재가 돼버렸다.

부크크를 이용하면 누구나 책을 만들 수 있다. 이미 알고 있는 사람도 있겠지만 전혀 모르는 사람이 더 많을 것 같으니 이곳에 소개하겠다.

• 자가 출판 플랫폼 부크크의 장점

1. 내가 써 놓은 글의 양이 A4 기준으로 30장만 돼도 책을 만들 수 있다.
2. 주문이 들어오는 대로 책을 인쇄하기 때문에 초기 비용이 거의 들지 않는다. 다른 자가 출판은 1쇄에 최소 100권~500권 정도 미리 인쇄하기 때문에 어느 정도의 돈을 내야 한다. (최소 100만 원 정도)
3. 내지와 표지, 책 제목이나 목차, 내용 등 책에 관한 모든 걸 내 마음대로 정할 수 있다.
4. 저자 자신이 인세를 관리할 수 있다.

• 자가 출판 플랫폼 부크크의 단점

1. 오프라인 서점에서 판매가 불가하고 온라인에서만 판매가 가능하다.
2. 주문이 들어오는 대로 책을 인쇄하기 때문에 독자가 책을 받기까지 최소 7일~10일이 걸린다.
3. 책을 만드는 처음부터 끝까지의 모두 공정을 직접 다 해야 한다. 표지, 내지, 교정, 교열, 윤문을 원한다면 전문가에게 얼마의 돈을 내고 별도로 의뢰해야 한다.
4. 출판사의 손길을 거치지 않았기에 편집이나 디자인 등에서 전문가인 출판사 관계자나 독자들이 보기에 '아마추어'의 느낌을 줄 수 있다.

부크크 홈페이지에 있는 '책 만들기 가이드'를 먼저 보고 가이드에 따라서 책을 만들어 보자. 도중에 궁금한 부분이 있으면 QNA(문의하기)를 이용하면 된다.

나는 책 표지는 부크크 홈페이지에서 판매하고 있는 것으로 구매했고 교정이나 교열, 윤문 등은 편집자의 도움

없이 혼자 진행했다.

그렇게 모든 준비를 마치면 관리자에게 승인 요청을 하는데, 내 기억으로 1주일이 채 걸리지 않았던 것 같다.

이렇게 일련의 작업이 끝나면 며칠 후 따끈따끈한 책이 집으로 배달된다. 만약 책을 받아 본 후 오타가 발견됐거나 수정할 부분이 생겼다면 글 수정도 가능하다. (비용 발생)

책을 한 권이라도 출간한 경험이 있는 기성 작가는 이 이야기가 관심이 없을 수 있지만 혹시라도 내 이름으로 책을 한 권 쓰고 싶거나, 글을 투고했지만 계약이 이뤄지지 않았다면 한 번쯤은 부크크를 이용해 자가 출판을 해 보는 것도 나쁘지 않다고 본다.

무엇보다 나 스스로가 책을 직접 만들어보니 책을 만드는 데에 있어 처음부터 끝까지 모두 해야 하는 1인 출판사와 견줄 수는 없어도 보람찬 기분은 느낄 수 있다. 이렇게 누군가를 위해 알려줄 수도 있고 말이다.

유페이퍼에서 전자책 만들기

앞에서 언급했지만 중국어 영상 번역이라는 새로운 장르(?)에 뛰어들면서 전자책 출간의 기회를 얻었다. 당시에는 H 스승님이 운영하는 출판사에서 3권의 전자책을 출간했지만, 이 글에서는 출판사의 도움 없이 스스로 전자책을 만들어 판매하는 방법을 전하려 한다. 바로 '유페이퍼'라는 전자책 제작 및 유통 플랫폼을 이용하면 된다.

유페이퍼는 혼자서도 쉽게 전자책을 만들어 유통시킬 수 있는 서비스를 제공한다. 처음부터 종이책을 쓰는 게 부담이라면 분량이 자유롭고 제작비의 부담이 거의 없는 전자책부터 도전해 볼 것을 추천한다.

종이책은 판형(인쇄물 크기)을 아무리 작게 한다고 해도

A4 용지 기준 30장 정도의 원고를 써야 하지만(부크크 기준), 전자책은 더 적어도 된다. A4 용지 10장만 넘어도 출간할 수 있다.

아, 물론 자가 출판 플랫폼인 부크크에서도 전자책을 만들 수 있지만 만든 전자책을 부크크 홈페이지 내에서만 판매 할 수 있다.

반면에 유페이퍼에서 전자책을 만들면 우리가 잘 알고 있는 온라인 서점인 예스24, 알라딘, 교보문고를 포함해서 12개 이상의 전자책 판매 사이트에서 판매할 수 있다. 판매처가 추가되어도 신규 계약과 같은 복잡한 절차 없이 간단하게 신규 제휴사를 추가할 수 있고 여러 판매처의 정산 내역도 유페이퍼에서 한 번에 볼 수 있어서 관리가 편하다.

준비된 글이 있다면 전자책 소개, 목차, 저자 소개를 정리해서 함께 업데이트하면 된다. 만약 종이책과 전자책을 함께 출간하고 싶다면 부크크에서 먼저 종이책을 만들어야 한다. 종이책과 전자책의 책 표지를 같은 디자인으로 만드는 게 좋으니 먼저 종이책 디자인을 정한 뒤, 그 디자인을 전자책에 활용하면 된다.

원고가 많지 않아도 전자책 출간을 권하는 이유는, 내가 쓴 전자책이 출간되고 판매까지 이뤄지는 걸 직접 보고 경험한다면 종이책도 쓰고 싶어질지 모르기 때문이다. 자신이 쓴 전자책을 보며 자극을 받고 계속해서 글을 쓰길 바라는 마음이다.

또한 규모는 작을지라도 직접 만든 책이 판매되는 경험으로 출판에 관한 감각도 기를 수 있다. 출판 지식을 어느 정도는 지니고 있어야 기획 출판으로 책을 출간했을 때도 일일이 출판사에 물어보지 않고 많은 정보를 스스로 습득할 수 있게 된다.

종이책과 전자책을 직접 만드는 방법을 간단하게 소개했다. 하지만 가장 중요한 건 뭐니 뭐니 해도 '실행'이다. 백 번을 이야기해도 한 번 해보지 않으면 소용없다. 내 이름으로 된 책을 원한다면 직접 책을 만들어 보자. 실행만이 답이다.

혼자서
책 홍보하기

내가 쓴 글이 책으로 나올 때의 기분은 알 만한 사람은 알 거다. 처음 내 손에 책이 들렸을 때, 나는 당시 아이를 낳은 적도 없었지만 출산의 기쁨(?)을 느꼈다.

하루 10시간이 넘는 시간을 책상 의자에 앉아 때로는 머리를 쥐어뜯으며, 때로는 행복한 미소를 띠며 키보드를 두드렸던 날들, 내가 쓰는 주제와 비슷한 책 30여 권을 구매해서 읽으며 책 쓰기에 참고했던 날들이 주마등처럼 스쳤다. 하지만 책이 출간되면서부터 또 다른 고생이 시작됐다. 바로, 책을 홍보해야 하기 때문이다.

이기주 작가님은 『언어의 온도』를 쓸 당시 무명작가였다. 그 역시 1인 출판사로 이 책을 출간한 뒤, 여행용 가방에 책을 가득 담아 전국 곳곳에 있는 오프라인 서점을 방문하며 직접 책을 홍보했다고 한다. 이 일화는 그의 팬이라면 누구나 알 만큼 유명한 무명 담이 됐다. 노력은 배신하지 않는구나 싶으면서도 나는 저렇게까지는 못하겠지 싶다. 나는 그냥 내 방식으로 하련다. 아래는 내가 지금껏 4권의 종이책을 출간하면서 실행했던 몇 가지 홍보 방법 중 일부다.

• 책 관련 인터넷 카페에 리뷰단 신청하기

네이버 인터넷 카페에는 책과 연관된 카페가 많이 존재한다. 책을 홍보하기 위해 나는 '책과 콩나무', '책을 좋아하는 사람', '책세상 맘수다' 등의 카페를 찾는다. 책 보도자료, 책 표지, 광고 페이지 등 책 홍보 관련 자료를 카페 담당자에게 보내면 된다. 리뷰단은 10명 이하로 구성해도 되지만, 많게는 30명도 가능하다. 카페마다 정책이 있으니 거기에 맞추면 된다. 서평의 질을 생각해서 10명 이하로만 서평단을 구성하는 카페도 있다.

아무래도 체계적으로 관리되다 보니 서평단은 책을 받은 후 일주일 이내, 또는 정해진 기한 내에 반드시 자신의 블로그나 SNS 등에 리뷰를 작성해야 한다. 책을 좋아하는 분들이 자신이 관심 있는 책의 리뷰단을 신청하기에 꼼꼼히 읽고 리뷰를 써주는 경우가 대부분이다.

• 파워블로거에게 책 리뷰 의뢰하기

몇 년 전부터 '파워블로거'라는 이름이 사라졌다. 네이버에서 2014년 이후로 파워블로거 정책을 폐지했다. 그래서 나는 다른 방법을 생각했다. 네이버 검색창에 내 책과 어울리는 키워드를 검색 후 상위에 노출되는 블로거에게 메일을 보냈다. 상위에 노출되는 블로거에게 리뷰를 의뢰한다면, 내 책에 관한 포스팅도 상단에 노출될 확률이 높기 때문이다. 반드시 상위에 노출되지 않는다고 하더라도 일일 방문자 수가 높은 블로거에게 리뷰를 의뢰해도 좋다. 책과 관련한 키워드 예시로는 책 소개, 에세이, 베스트셀러, 산문집, 책 리뷰 등이 있다.

첫 종이책이 출간됐을 때부터 나는 이 방법을 썼다. 10명의 블로거에게 최대한 예의를 갖춰 이메일을 보냈다. 리뷰해 달라고 부탁해야 하는 처지이기에 업무용처럼 딱딱한 문체로 보내면 안 된다.

내가 보낸 메일에 온 답장 내용은 다음과 같았다. 책을 무상으로 보내줘서 감사하다는 인사, 꼼꼼하게 읽고 리뷰하겠다는 이들이 대부분이었다. 반면에 메일을 읽고도 아무런 답장을 하지 않는 이도 있다. 뭐, 괜찮다. 자신이 원하는 책이 아닐 수 있으니까. 참! 리뷰 1건당 3~5만 원의 원고료를 요청하는 사람도 있다. 이럴 경우는 의뢰한 사람의 선택이다. 아래는 첫 종이책이 출간됐을 때 내가 블로거들에게 보낸 메일 내용이다.

✉ 안녕하세요. 불쑥 메일 드려 죄송합니다. 저는 작가 이지니라고 해요. (이제 막 시작하는 신인 작가입니다. ^^;;) 지난주에 『꽂히는 글쓰기의 잔기술』이라는 책이 출간되어 조심스레 서평을 부탁드려봅니다.

인지도도 없고, 작은 출판사에서 출간되다 보니 홍보가 미약하네요. 그럼에도 손품, 발품 팔아 열심히 홍보 중입니다. 혹시 괜찮으시다면 제 책을 보내드릴 테니 블로그에 서평 남겨주실 수 있을까요? 부담은 전혀 갖지 않으셔도 됩니다. ^^

글쓰기와 관련이 없어도 동기부여에 좋은 책이라 생각됩니다. 마음이 있으시다면 성함, 연락처, 주소를 알려주셔요. 바로 책 보내드릴게요. 서평은 책을 받으신 후, 일주일 안으로 작성해주시면 감사하겠어요. ^^

그럼 책 관련 URL 띄우고 물러갈게요! (URL 주소 첨부) 긴 글 읽어주셔서 진심으로 감사합니다. 언제나 행복하세요. ^^

이지니 드림

• 인스타그램에 유료 광고하기

나도 인스타그램을 운영하고 있지만 솔직히 인플루언서가 아니라면 인스타그램을 한다고 해도 많은 이에게 내 책을 알리기가 쉽지 않다. 그렇다고 포기할 수는 없다! 내 계좌에서 돈이 빠져나가는 걸 반기는 이는 없겠지만, 때에 따라 '투자'는 필요하다. 적은 투자로도 많은 이에게 내 책을 알리는 방법, 바로 '인스타그램 유료 광고'다.

내 책을 유료로 홍보하기 위해서는 반드시 일반 계정이 아닌 비즈니스 계정이 되어 있어야 한다. 솔직히 계정을 바꾸는 것부터 귀찮은 과정이지만 한 번만 전환해 놓으면 되니 인내심을 갖자! 계정을 전환하는 방법은 여기에 일일이 적는 것보다 네이버 녹색 창에 '인스타그램 비즈니스 계정'이라고 검색하면 수많은 블로거가 세상에 둘도 없을 친절함으로 설명해놓았으니 참고하자. 나도 그중 한 명이 써 놓은 친절한 글을 참고했다.

인스타그램 유료 광고의 좋은 점은 금액 설정이 자유롭다. 적게는 1만 원 정도부터 많게는 수백만 원까지 다양하다. 홍보 기간도 내 마음대로 정할 수 있다. 그뿐만이 아니다. 홍보하려는 광고를 누가 봐주길 원하는지, 상대방의 성별, 나이, 관심사 등을 정할 수 있다. 광고 신청이 수락되는 순간 내가 정한 '타깃'들에게 광고가 보이게 된다.

광고 기간 종료 후 다시 재설정이 가능하고 광고 진행 도중에 중단도 가능하다. 다만, 한 번 올려진 광고는 내용 수정이 불가하니 광고 신청 전에 오타는 없는지, 잘못된 정보는 없는지 꼼꼼히 확인하는 게 중요하다.

책 홍보는 주로 서평 이벤트가 주를 이룬다. 나 역시 책이 출간될 때마다 서평 이벤트를 하는데, 피드에 서평 이벤트 안내 글을 어떤 식으로 써야 하는지 잘 몰랐다. 두서없이 쓰면 정신이 산만해 질 듯하니 이 또한 중요한 부분이 아닐 수 없다. 이때는 당황하지 말고 다른 책(출판사)은 어떻게 진행하는지 참고하면 된다. 신청 기간, 모집 인원, 참여 방법, 활동 사항, 발표 등 군더더기 없이 나열된 피드를 발견했다면 바로 벤치마킹할 것! '창조는 모방의 어머니'라는 말이 괜히 나온 게 아니다.

책 사진을 예쁘게 찍어서 올리고 싶다면 역시 다른 책들은 어떻게 찍었는지 잘 찍은 책 사진을 많이 봐두면 좋다.

만약 내가 책 사진이나 서평단 모집 같은 내용에 늘 관심이 있다면 인스타그램 검색창 '태그' 부분에 '#책사진' 혹은 '#서평단모집' 등을 입력해서 그 키워드를 팔로우하자. 그럼 이후부터 굳이 일일이 검색하지 않아도 자신이 팔로우한 키워드에 새로운 피드가 뜰 때마다 보인다.

• 책 홍보 영상(북 트레일러) 만들기

북 트레일러는 글이 아닌 영상으로 책을 소개하는 방식이다. 북 트레일러를 하나 만들어 놓으면 온라인 서점 내 책 소개 페이지에는 물론 자신의 블로그, 인스타그램, 유튜브 등 어느 플랫폼에서든 활용할 수 있다. 또한, 블로그의 경우 '동영상' 카테고리에 노출될 확률까지 높아 일거양득이다.

북 트레일러를 만드는 방법은 두 가지다. 유료 아니면 무료. 실제로 내 책 『영심이, 널 안아줄게』의 북 트레일러는 프리랜서 마켓 '크몽'에서 한 제작자에게 의뢰했고(비용 10만 원), 산문집 『힘든 일이 있었지만 힘든 일만 있었던 건 아니다』는 내가 간단히 만들었다.

유료의 경우 사용할 영상이나 이미지를 제작자에게 보내주고 북 트레일러의 콘셉트와 콘티(촬영대본)를 만들어 보내야 한다. 콘티를 만드는 것도 귀찮을 뿐만 아니라, 10만 원이라는 비용도 만만치 않기에 유료로는 한 번만 만들고 이후에 나온 책부터는 내가 직접 만들었다. 방법은 아주 간단하다. 너무 간단해서 놀라지 말기를.

먼저 스마트폰으로 동영상 촬영을 한다. 편집할 때 소리는 없애면 되니까 소리에 연연하지 말고 화면에 담길 영상에 집중해야 한다. 나는 집 근처에 있는 공원 호수를 촬영하기도 하고 드라이브하는 차 안에서 앞 창문 가까이에 스마트폰을 대고 촬영하기도 했다. 북 트레일러의 영상 시간이 짧으면 1분, 길어야 3분 이내라서 부담 없다. 그리고 동영상 편집 프로그램(내가 사용한 건 '곰프로'다)에서 책 글귀 중 넣고 싶은 몇 구절을 택한 후 자막으로 삽입한다.

그리고 영상과 글귀와 어울리는 배경 음악을 삽입하면 끝이다. 너무 간단해서 어이가 없다고? 그래도 만들어 놓은 걸 보면 생각보다 괜찮아서 놀랄 것이다.

나는 이렇게 만든 북 트레일러를 책 소개 페이지는 물론 블로그, 인스타그램, 유튜브 등에 모두 업데이트했다.

돈을 주면 더 다양하고 예쁘게 만들 수 있을 진 몰라도 책 자체가 산문집이다 보니 복잡한 것보다 단순한 스타일이 더 어울릴 것 같았다. 그리고 출판사에서 직접 해준다면 모를까 굳이 내 돈 10만 원을 들여 만들고 싶은 생각은 없다. 10만 원이면 인세가 10%라는 가정하에, 책이 약 80권이 팔려야 받을 수 있는 금액이다. 내 돈 내가 투자하겠다는 사람을 말릴 생각은 없지만 이런 방법도 있다는 걸 소개한다.

에필로그

가늘고 길게 가는 작가가 되고 싶다

책 제목에서 말하듯 나는 무명작가다.

유명인이라서 출판사의 러브콜을 받아 책을 집필한 것도 아니고 SNS에서 인기를 얻어 작가가 된 경우도 아니다. 전자든 후자든 나는 이들을 부러워했다.

책 한 권을 쓰려고 거액의 돈을 들였기에, 어떻게든 투고를 성공시키려 끼니마저 거른 채 원고와 씨름했기에, 한 군데도 연락이 안 와 어쩔 수 없이 자가 출판의 문을 두드렸기에, 늘어나는 빚을 갚으려 밤낮 일하다 어둠을 두른 채 글을 써야 했기에 더욱 그랬다.

이 한풀이를 듣고 혹자는 이렇게 말할 수 있다.

"그러니까 네 책도 대박 났으면 좋겠다, 이거지?"

음, 아니라고 하면 거짓말이다. '잘 됨'을 뜻하는 대박을 원하지 않는 사람이 어디 있으랴. 좀 더 솔직히 말하자면 대박을 바란다기보다 '가늘고 길게' 가고 싶다. 대박이 아닐지라도 꾸준히 글을 쓸 소재가 있고 꾸준히 나를 찾는 독자가 있으며 꾸준히 강의와 강연으로 많은 사람과 소통하고 싶다. '글 쓰는 사람'의 본분을 오래 이어가고 싶다.

나는 나를 잘 알기에 혹여나 대박이 난다면 컴퓨터 자판에서 손을 놓을까 염려된다. (행여나 그럴 일이 올까 봐 미리 걱정하는 나란 사람) 벼는 익을수록 고개를 숙인다고 하지 않던가. 하는 일이 크게 잘 되면 고개 숙이는 법을 잊을까 봐 그렇다.

글쓰기로 먹고산 지는 오래되지 않았다. 어쩌면 이제 시작이다. 나는 돈을 보고 이 길로 들어선 게 아니다. 내가 좋아하고 잘하고 싶고 잘할 수 있는 일이라 여겨 앞만 보고 5년을 걸었더니 글쓰기 강의나 강연, 칼럼 등의 제안으로 수입이 생기기 시작했다. 커피 한 잔도 마음 편히 사 마실 수 없던 시절에 비하면 이건 뭐, 로또 당첨 수준이다.

내게 좋은 기회가 찾아오는 건 분명 기쁜 일이다. 나를 어찌 아셨는지 강의를 맡기려고 찾아주시는 도서관이나 기업체 담당자님들께 감사하다. 더불어 매일 밤낮으로 적은 내 글을 예쁘게 만들어 준 출판사에도 진심으로 감사하다는 말을 전한다.

한 해 한 해 책이 출간될수록 욕심 주머니가 커지지 않았으면 좋겠다. 현재에 감사한 마음은 못 가질지언정 과한 기대를 붙잡지 않는 내가 되고 싶다. 지난 5년이 그랬듯, 나를 찾아온 '하루'라는 선물에 최선을 다할 수만 있다면 더는 바랄 게 없겠다.

그런 의미로 나는, 가늘고 길게 가는 작가가 되고 싶다. 오래오래.

• 저자 이지니 •

2016년 전업 작가가 되기로 결심함 (실제로는 2020년부터 전업 작가)

2017년 『꽂히는 글쓰기의 잔기술』 출간

2018년 『아무도 널 탓하지 않아』 출간

2019년 『영심이, 널 안아줄게』 출간

2020년 『힘든 일이 있었지만 힘든 일만 있었던 건 아니다』 출간

2021년 『무명작가지만 글쓰기로 먹고삽니다』 출간

• 종이책 투고 일지 •

『꽂히는 글쓰기의 잔기술』: 70군데 투고 후 아롬미디어와 계약, 출간

『아무도 널 탓하지 않아』: 투고 예정이었는데 책 쓰기 과정 중에 만난 분이 1인 출판사를 시작하면서 원고를 책으로 내주겠다고 해서 진행

『영심이, 널 안아줄게』: 앞에서 낸 출판사에서 연이어 출간

『힘든 일이 있었지만 힘든 일만 있었던 건 아니다』: 자가 출판 플랫폼에서 출판

『무명작가지만 글쓰기로 먹고삽니다』: 50군데 투고 후 세나북스와 계약, 출간

『꽂히는 글쓰기의 잔기술』 외 4권은 책 기획도 직접 진행

나는 이렇게 전업 작가가 되었다!

무명작가지만 글쓰기로 먹고삽니다

초판 1쇄 인쇄 2021년 3월 29일

초판 1쇄 발행 2021년 4월 10일

지 은 이 이지니

펴 낸 이 최수진

책임편집 박현아

펴 낸 곳 세나북스

출판등록 2015년 2월 10일 제300-2015-10호

주 소 서울시 종로구 통일로 18길 9

홈페이지 http://blog.naver.com/banny74

이 메 일 banny74@naver.com

전화번호 02-737-6290

팩 스 02-6442-5438

I S B N 979-11-87316-79-4 03800